AF482700

John Henry Mackay

Die Menschen der Ehe - Schilderungen aus der kleinen Stadt

e-artnow 2018

Fjodor Michailowitsch Dostojewski, Korfiz Holm
Gesammelte Werke: Romane + Novellen: Schuld und Sühne + Die Brüder Karamasow + Der Spieler + Der Idiot + Die Dämonen + … und Hochzeit + Ein Werdender und mehr

Fjodor Michailowitsch Dostojewski
Arme Leute

Nikolai Semjonowitsch Leskow
Gesammelte Werke

Frank Wedekind
Fesselnde Erzählungen eines Skandalautors

Jean Jacques Rousseau
Gesammelte Werke: Romane + Philosophische Werke + Autobiografie: Der Gesellschaftsvertrag oder Prinzipien des Staatsrechtes, … oder über die Erziehung, Die Bekenntnisse

Hans Fallada
Jeder stirbt für sich allein

Fjodor Michailowitsch Dostojewski
Die DämonenDie Besessenen: Dostojewskis letzte anti-nihilistische Arbeit
(Ein Klassiker der russischen Literatur)

Fjodor Michailowitsch Dostojewski
Der Idiot

Franz Kafka
Gesammelte Werke: Romane, Erzählungen & Briefe (Über 90 Titel in einem Buch): Der Prozess, Das Schloß, Amerika, Betrachtung, Das Urteil, Die Verwandlung, …eines Hofes, In der Strafkolonie…

Hans Fallada
Wer einmal aus dem Blechnapf frißt

John Henry Mackay

Die Menschen der Ehe - Schilderungen aus der kleinen Stadt

e-artnow, 2018
Kontakt: info@e-artnow.org
ISBN 978-80-273-1763-9

Inhaltsverzeichnis

I.

Der Dunst der brennenden Kohle erfüllte die Luft weithin. Aus tausend Schloten qualmte der Rauch, gelb, schwarz, grau und weiß, empor, und all' diese dicken Wolken lösten sich unmerklich auf in die ungeheure Dunstwelle welche unablässig auf Meilen hin das Flußtal in seiner ganzen Breite beschattete.

Ueber der kleinen Stadt lag sie wie ein dünner Schleier. Zuweilen lüftete diesen Schleier ein frischerer Windhauch, der von Süden das Tal heraufzog. Aber es dauerte nicht lange und er war wieder herniedergefallen auf die reizlosen Züge, die er wie in Mitleid verhüllte.

Eigentlich waren es zwei Städte, die hier zusammenlagen. Aber nur der Fluß, ein träger, gelber Fluß, trennte sie, und zwei Brücken verbanden sie: eine alte massive aus Stein, mit mächtigen Pfeilern und Quadern, die noch alles lautlos ertragen hatte, was über sie hinweggezogen war, und eine neue aus modernem Eisen, welche ächzte und bebte, wenn die großen Lastwagen über sie hin fuhren, und gräßliche Massen Staub unter den schweren Rädern hervorhustete.

Der Fremde, der auf den Höhen des Tales hinwandernd die roten und schwarzen Giebel zu seinen Füßen sah, glaubte nicht anders, als sie gehörten alle zu dem Bezirke einer Stadt. Aber die, welche unter diesen Giebeln wohnten, waren anderer Meinung. Und auf sie kam es doch an.

Seit undenklichen Zeiten lagen die Schwesterstädte einander in den Haaren. Die kleinen Reibereien endeten nie; die letzten Wahrzeichen der großen entscheidenden Schlachten aber waren die leeren Augenhöhlen der Gaslaternen auf der "alten" Brücke —: unter den Steinwürfen der den Alten nachzwitschernden, nein, nachheulenden Jugend beider Städte waren sie dahingesunken, unter Würfen, die ihre edleren Ziele leider verfehlt hatten.

In Dialogen von gleich klassischer Kürze und Schönheit endeten diese Kämpfe:

"Wart' nur, ich sahns abber meinem Vatter!" der eine.
"Und ich sahns meiner Mutter, die packt dei Mutter!" der andere.
"Aber mei Vatter is stärker wie dei Vatter."

"O du Dürmel, kumm nure nit dohär . . ."

II.

Die Gesellschaft der Stadt setzte sich leicht erkennbar aus drei
Grundelementen zusammen: aus Großhändlern, Beamten und aus Militär.

Seit sehr langen Jahren saßen die Ersteren hier fest. Sie waren der Urstamm des Bürgertums.
So lange hatten sie fast nur untereinander geheiratet, daß sie gewissermaßen eine große Familie
geworden waren, welche sich in ererbten Anschauungen und Bräuchen so lange wie irgend
möglich fortzubewegen suchte und unter sich mit einem harten Anklang an den Dialekt der
Gegend sprach.

Million zu Million häufend hatten sie hier eine moderne Zwingburg des Kapitals errichtet,
gegen die anzukämpfen eine Unmöglichkeit schien. Noch nie war es versucht worden.

So hatten sie-die unumschränkten Herrscher dieser Stadt-ihr lange den Stempel aufgedrückt;
den Stempel eines souveränen, starren, fortschrittfeindlichen Willens.

Das waren die "Alldahiesigen!" . . .

Dann hatte der Staat große Betriebe errichtet, und eine unzählige Schar von Beamten jeder
Art war hier zusammengeströmt, aus allen Teilen des Reiches, neue Sprachen, neue Sitten, neue
Kochrezepte mit sich führend. Neues Leben kam mit ihnen nicht. Machtlos zu irgend einer
Initiative hatten sie sich willenlos einzuschmiegen als Räder in das Werk der großen Maschine
Staat, welche sie verbrauchte. Aber die Luft begann zu schwirren von neuen Titeln, vom Mor-
gengang zum Büro bis zum letzten-immer sehr späten-Abendschoppen im "Münchener Kindl",
und die Eingesessenen zogen sich mürrisch mehr und mehr zurück unter die dicke Haut ihrer
sicheren Privilegien . . .

Waren sie zehn Jahre hier gewesen, alle diese Fremden, ohne nach
einer anderen Stadt weiterversetzt zu sein, so wurden sie zu
"Hiesigen". Bis dahin blieben sie, was sie waren —: die
"Hergeloffenen".

Unweit der Grenze lag die Stadt. Seit dem gräßlichen Kriege mit dem "Erbfeind" war unablässig Militär über Militär hergezogen, bis zwei Regimenter hier festlagen. Ueberall an den
sich erweiternden Grenzen der Stadt entstanden weißgetünchte Baracken von Holz und große,
rote, viereckige Ziegelhaufen von abscheulicher Häßlichkeit, hinter deren Umfassungsmauern
die rohen Flüche brutaler Unteroffiziere und die stampfenden Schritte schwerer und keuchender
Menschenmassen hervortönten, und die bis dahin so friedlichen Straßen der Städte erzitterten
unter dem Klirren rasselnder Schleppsäbel.

Furchtbarer aber noch waren die Verheerungen, welche diese neue Macht in den Herzen
der Großbürgertöchter der Stadt anrichtete, und murrend nur sahen die Väter, wutschnaubend
aber die betrogenen Vettern der großen Familie eine der lieblichen Blüten nach der anderen
gepflückt von der kecken Hand eines adeligen Sekonde-Leutnants, der die Geldsäcke nicht nur
zu verachten, sondern auch mit Grazie zu leeren verstand.

Und war es nicht in Ordnung so? —Das Kapital verband sich mit der
Gewalt, welche seine Privilegien schützte.

Dazwischen lebte ein träges Kleinbürgertum und ein machtloser Handwerkerstand so hin,
von Tag zu Tag, kleine Kannegießer und schlechte Musikanten. Sie verlangten kaum etwas anderes, als beständig über etwas brummen zu dürfen . . .

Das waren die Leute der Städte.

Von geistigen Bedürfnissen verspürte man hier noch nichts.

Draußen aber, dort, wo die Schlote dampften und die Feuer lohten, wo die Erde bis in ihre
Tiefen hinein durchwühlt wurde in rastlosem Kampfe, dort wo kolossale Arbeitermassen aneinander gekettet durch den Schweiß ihrer furchtbaren Arbeit lagen, dort fielen die Gedanken
der Zeit in den Boden der Fruchtbarkeit.

III.

Mit dem Schnellzug, der um elf Uhr vormittags eintraf, kam der Reisende an. Er wies die Kofferträger von sich, als er ausstieg, und trug seine Handtasche selbst die Treppe hinab bis zu dem Ausgang.

Vier oder sechs Portiers nahmen dort die Reisenden in Empfang. Er überflog die Schilder ihrer Mützen, und da er den Namen nicht fand, den er suchte, nannte er ihn selbst: "Zur alten Post".

Man grinste, man sah sich fragend an, indem man mit den Augen zwinkerte. Endlich sagte der älteste der Leute: "Es gibt hier keine 'alte Post' mehr; sie ist seit sechs Jahren eingegangen. Wollen der Herr hier gleich am Bahnhof bleiben, dort unten liegt unser Haus, ganz neu eingerichtet —"

Der Fremde zögerte einen Augenblick, aber als sie nun alle nach seiner Handtasche griffen, überließ er sie achselzuckend dem Sprecher, gab ihm den Auftrag, seinen Koffer sofort zu besorgen, und ging den Weg hinab, der sich in die Stadt hinunterzog. Es war ein schwüler und staubiger Tag. Er war müde, denn er war die halbe Nacht gereist, und er war bestaubt von der langen Fahrt. Er fühlte Hunger und Durst, und die Zunge klebte ihm am Gaumen.

Doch nachdem er ein Bad genommen und sich umgezogen hatte, fühlte er sich frisch und gesund wie immer. Er stieg die Treppe hinab und schrieb in das ihm vorgelegte Fremdenbuch: Franz Grach. Während er sich für eine Minute in der Loge des Portiers befand, erkannte er plötzlich das Haus wieder.

Er vermied die Table d'hote. Die langen, weißen Tische mit den
Reihen von schmatzenden und schwatzenden Menschen waren ihm zuwider.
Man deckte ihm in einem Nebenzimmer.

Einmal ließ er Messer und Gabel sinken, so schreiend-deutlich stand plötzlich eine Szene aus seiner Jugendzeit vor seinen Augen, die sich vor langen Jahren hier in diesem selben Räume abgespielt hatte.

Nicht das saubere Frühstückszimmer eines modernen Hotels, das trübe
Hinterzimmer eines übelbeleumdeten Gasthofs zweiten Ranges war der
Raum damals gewesen. Die Möblierung hatte sich geändert, wie der
Wirt und die Gäste, und doch wurde dem Fremden alles wieder
lebendig:

> Sie waren alle noch jung, kaum einer von ihnen hatte das zwanzigste Jahr erreicht. Alle hatten sie dieselben Schulbänke gedrückt, und sich, nun vielfach getrennt den größten Teil des Jahres hindurch auf auswärtigen Schulen, in den Ferien wieder zusammengefunden zu lustigen Tagen und ausgelassenen Nächten-eine tolle, von Jugendmut und Lebenskraft überschäumende, zu allen tollen Streichen immer aufgelegte Gesellschaft, deren Zahl jahrelang auf sieben, acht Mann beschränkt blieb . .
> .

An jenem Abend nun waren sie alle nach einer langen Wanderung hier herein gestürmt, wie sie wahllos in alle Wirtschaften, wo "noch Licht war", drangen. Eine dicke Kellnerin war aus dem Vorderzimmer mit hereingezogen worden, durch die Tür wurde niemand mehr hereingelassen, und eine jener nächtlichen, dem Dunst des Bieres und dem Qualm des Tabaks entstiegenen Szenen entrollte sich, die dem Alter so widerlich, der Jugend so reizvoll erscheinen.

Auch der Einzelheiten erinnerte sich der, vor dessen Auge sie wieder stand nach so langen Jahren, noch: wie er selbst in eine vorhanglose Fensternische gepreßt ihr zugesehen hatte, die Beine heraufgezogen und das Glas auf einem Stuhle neben sich, damals schon noch in der Trunkenheit erkennend, was er sah, beobachtend, was ihn umgab, und Sieger so auch noch über die Stunde, die ihn mit sich gerissen hatte: wie der "Dicke" das Klavier bearbeitete und seine schaurigen Baßtöne in den hellen Jubel und Lärm der anderen mischte; wie die ganze Bande plötzlich im Kreise um das grobe Frauenzimmer und den "Kleinen" —einen schmächtigen Menschen mit wasserblauen Augen, voll Gelehrsamkeit trotz, und voll Schüchternheit wegen seiner Jugend, herumgetanzt war, und die Vermählung des ungleichen Paares proklamiert hatte . . .

Die Gläser klirrten; die Stimmen schrieen durcheinander; schwere Füße stampften den Boden; an der Decke lagerte sich der Rauch; einer, in einer trüben Erinnerung an Nana leerte sein Bierglas in das Klavier; ein anderer riß die rotgestreiften Decken von den Tischen und hüllte darin ein, was ihm unter die Hände kam, indes die letzten-mit der zähen Hartnäckigkeit der halben Trunkenheit — nicht abließen, sondern auf der Erfüllung ihrer tollen Idee bestanden-und bereits war die Grenze überschritten, wo das Verzeihliche aufhört, um der Sinnlosigkeit zu weichen, als er mit einem großen Satze aus seiner Fensternische aufgesprungen war, mitten unter die Schreienden und sie überrief:

"Aber seid ihr denn ganz verrückt!"

Und er schob die Kellnerin zur Türe hinaus, ungeachtet aller schreienden Proteste, setzte seinen Hut auf, und ihm nach war die ganze Gesellschaft gestolpert, einer anderen Kneipe, einer anderen Torheit zu, die stille Straße mit neuem Singen und Lärmen erfühlend, daß friedliche Bürger aus dem Schlaf ihrer Ruhe fuhren und das träumende Gespons mit der Frage weckten: ob es denn etwa brenne . . .

Nein, es waren diesmal nur die Kinder ihrer eigenen Liebe.

IV.

Sollte er sie aufsuchen, die Genossen jener Tage? —Fast wandelte ihn die Lust dazu an, wie nun Gestalt um Gestalt vor ihm emportauchte.

Was war aus ihnen geworden? —Wie waren sie geworden? Wo waren sie gelandet?

Von den meisten war es nicht schwer, es zu ahnen.

Denn die meisten waren schon damals in ihrer Jugend dazu bestimmt, ein vorgeschriebenes Leben zu leben: das Leben herunterzuleben, wie Grach es nannte.

Nachdem ein Examen-ein Tor, welches unwiderruflich passiert werden mußte, wollte man in dieses Leben eintreten-sie gezwungen hatte, sich den Kopf mit einer unglaublichen Menge modernden Gerümpels zu füllen, wurden ihnen einige Jahre gegönnt, ihn von diesem Wuste zu befreien.

Sie hatten zu vergessen, was sie gelernt hatten. Nach diesen Jahren einer ungebundenen Freiheit auf der Hochschule aber steckte sie der Vater unerbittlich in das von dem Großvater gemachte, und von ihm selbst wohlgewärmte Bett, und "niemals wieder sah sie die Welt."

Sie wählten unter den Töchtern des Landes eine-jeder eine-und begannen, sich zu vermehren in Züchten und Ehren.

Sie traten in die "Harmonie" oder in die Dilettantengesellschaft "Urania" ein und tanzten im Winter im "Kasino", solange sie noch jung waren.

Wurden sie älter, so begann das einzige Gefühl von Würde, dessen der Philister fähig ist: ein Bürger des Staates zu sein, ihre Brust zu schwellen, und sie glaubten sich an den Geschicken des Landes zu beteiligen, wenn sie von Zeit zu Zeit einen Zettel in die Wahlurne warfen und abends beim Biere endlose Debatten über die gleichgültigsten und belanglosesten Fragen innerer und äußerer Politik-dieses Tummelgebietes aller Menschen ohne Geist und Kraft —führten, bis die Stunde schlug, wo die Angst vor der Frau sie nach Haus und in das gemeinsame Bett trieb . . .

Sie waren *Menschen der Ehe* geworden.

Nein, er wollte keinen von ihnen wiedersehen. Man würde sich doch nur gegenseitig eine traurige Enttäuschung bereiten, und in einer so veränderten Sprache über Menschen und Dinge reden, daß man sich nicht mehr verstehen würde . . .

V.

Während der Neuangekommene seinen Kaffee trank und die Wolken seiner Zigarre in die Luft blies, war die flüchtige Erinnerung schon wieder versunken, und andere, dem heutigen Tage angehörende Gedanken beschäftigten ihn.

Ein Brief hatte ihn wieder in diese Stadt gerufen, die er seit länger als zehn Jahren nicht gesehen. Auf vielen Umwegen hatte er ihn erreicht, und nachdem er ihn gelesen, war sein erstes Gefühl gewesen, ihn in die Ecke zu werfen.

Er lachte erst; dann ärgerte er sich.

Aber zugleich dachte er an mancherlei Freundlichkeit, welche er von der Mutter der Frau- sie war lange tot —, die ihn geschrieben, empfangen vor langen Jahren und an ihre größte Freundlichkeit: daß sie ihn meist unbehelligt gelassen, und er bemaß Zeit und Geld, sah, daß beides reichte, und war kurzentschlossen hierhergereist.

Er stand früh allein und wurde, fast noch ein Kind, von einer entfernten Verwandten aufgenommen, in deren Heim er lange Jahre lebte, nicht abhängig von ihrer Gnade, aber doch angewiesen auf ihre Freundlichkeit. Sie hatte eine einzige Tochter, die ihr Abgott war; er beanspruchte nichts von der sentimentalen Zärtlichkeit, mit der das verzogene, launische Kind einer kurzen und sehr unglücklichen Ehe überschüttet wurde.

Fast von dem Augenblick an, in dem er diese Stadt verlassen, hatte sich sein Leben so von Grund aus geändert, waren Kreise und Beziehungen desselben so andere geworden, daß er selten veranlaßt worden war, zurückzudenken, um so mehr, als ihm die Muße behaglicher, lässiger Einkehr und Umschau fast nie beschieden und kaum ein Tag gewesen war, der ihm Zeit gelassen hätte, ihn einzuspinnen zwischen die weißen Träume der Vergangenheit und der Zukunft.

Zweimal nur noch schrieb er den Namen dieser Stadt auf die Adresse eines Briefes: das erste Mal, als seine Verwandte gestorben war, und er der Tochter freundliche Worte des Beileids sagte, das zweite Mal, als er sie zu ihrer eigenen Verheiratung kurz beglückwünschte.

Dann kam dieser Brief, unerwartet und unerwünscht.

Er lag vor ihm, und noch einmal las er ihn, aufmerksam, Wort für
Wort.

Von dem blaßrosa Papier stieg der starke Duft eines eigentümlichen Parfüms auf. Die Schrift, mit der seine vier Seiten bedeckt waren, war liegend, sinnlich und weibisch-schwach.

Er las ihn zum vierten Male, und zum vierten Male suchte er hinter den leblosen Worten nach der lebendigen Seele derer, die sie geschrieben: er fand sie nicht.

Das war es, was sie ihm mitteilte.

Erstens: daß sie sehr unglücklich sei; zweitens: daß sie so unglücklich sei daß sie es nicht mehr "aushalten" könne; drittens: daß ihr Mann der Grund ihres Unglücks sei; viertens: daß sie gehört habe, er, ihr Bruder, der "Freund ihrer Jugend", habe ein Buch geschrieben, in welchem er sich "freisinnig" über die Ehe geäußert habe; fünftens: daß er sie "retten" möge; sechstens: daß sie sehr unglücklich sei; und siebentens: daß sie so unglücklich sei, daß sie es nicht mehr "aushalten" könne . . .

Das alles war sehr albern.

Er sagte sich mit Recht, daß das Unglück so nicht nach Hilfe ruft.

Aber er sagte sich auch, und er sagte es sich immer wieder, daß Frauen dieser Art nicht imstande sind, einen individuellen Ausdruck für ihre Gefühle-und wären es ihre wahrsten-zu finden. Wie sie gelehrt wurden zu sprechen, so sprachen sie: immer in denselben Ausdrücken und Redewendungen ihrer spezifischen Kreise, die Männer so und die Frauen so und waren sich daher so ähnlich, wie immer nur es möglich ist.

Und daher waren sie meistens auch so langweilig.

Wie sie sprachen, so schrieben sie auch.

Es ist, als fürchteten sie sich davor, ein neues Wort zu gebrauchen, und sorgsam verbergen sie, kommt ihnen einmal, nicht ein neuer Gedanke, nein, nur eine eigene Anschauung über irgend Etwas, die verbrecherische Regung hinter der gewohnten Gewöhnlichkeit.

Er wußte, daß das Unglück ein großer Befreier ist. Und er dachte weiter, und seine Augen sahen den gegen die Ketten der Tage ringenden und in diesem Ringen blutenden Menschen vor sich, wie er schreien will, aber seine ungewohnten Lippen finden nur die alten, kleinen Worte für den neuen, großen Schmerz, und das Schreien des selbständigen Herzens-es klingt auf dem Mund nur wie das Stammeln der Unselbständigkeit und Gleichgültigkeit.

Konnte es so nicht hier sein?

Er strengte die Augen an, um hinter die Worte sehen zu können. Was lag da? —Ein zu Boden gestürztes, mit Füßen getretenes Weib? —Oder eine faule, unzufriedene Frau der Welt, die sich einfach langweilte? —

Fand er denn nicht ein Wort, ein einziges ungefügiges, in seiner
Hilflosigkeit rührendes, in seiner Einfachheit erschütterndes Wort? —

Er fand keines. Und dennoch folgte er den Rufen dieser platten und nichtssagenden Sprache.

Es gibt Menschen, von denen wir nie glauben können, daß sie unglücklich zu werden imstande sind.

So ging es ihm mit ihr.

Und dennoch kam er hierher.

Er tat es in letzter Linie seiner selbst wegen, um ganz sicher zu sein vor den Vorwürfen des eigenen Herzens.

VI.

Die letzte Rauchwolke seiner Zigarre verflog an der Decke, und er sah nach der Uhr.

Es war nach zwei. Ein langer Nachmittag lag jetzt vor ihm. Er ging daher auf sein Zimmer, warf sich auf das Bett und schlief länger als eine Stunde, bleiern und traumlos.

Verwundert fuhr er in die Höhe, als er erwachte. Er mußte sich darauf besinnen, wo er war, und es war mit einem Gefühl des Mißbehagens, daß er die Treppe hinunterstieg. Ihm war, als solle er nun an die Erfüllung einer unangenehmen Pflicht gehen, und er wünschte hinter sich zu haben, was ihm bevorstand.

Dann trat er vor die Tür.

Die Hitze war noch gestiegen. Um diese Stunde des Nachmittags stockte das Leben.

Eine lange Straße zog sich vor ihm hin-die Hauptstraße der
Schwesterstadt, die längste und belebteste in beiden Städten und der
Mittelpunkt des Handels und Wandels beider.

Wie oft er sie als Knabe durchschritten hatte, hinauf und wieder hinunter, und wieder hinauf!

Wenig schien sich an dem äußeren Ansehen der Stadt verändert zu haben. Einige Lücken, wo früher auf steinigem Rasen Zirkus- und Karussellbesitzer ihre flüchtige Leinwand gespannt, waren ausgebaut worden, und nur die Nebenstraßen noch öffneten sich dem Blicke nach dem Flusse hin. Die neuentstandenen Häuser zeigten das Bestreben, Schritt zu halten mit modernem Stil. Gesimse und Balkone hingen überall an ihnen herum, und in ihren Erdgeschossen waren Läden und Bierhallen entstanden mit hohen Fensterscheiben und lauten Aushängeschildern, die mit dem leuchtenden Gold ihrer Lettern die armen, verblaßten und altertümlichen Inschriften der alten Firmen verdrängten . . .

Der Schwindel des Handels, welcher die Arbeit mordet, trieb sein
Unwesen diese ganze Straße entlang.

Arme Arbeiter! Des Sonntags kamen sie, weither aus den Dörfern und Flecken, mit ihren schweren Schuhen, die Männer mit plumpen Stöcken und die Weiber mit ungeheuren, unförmigen Parapluies, halb noch bedeckt mit dem Schweiße und dem Staub der Woche, ganz noch erdrückt unter der Wucht ihrer Sklaverei, kamen sie, um einzukaufen, was sie brauchten, das heißt, drei-, vier-, fünf- und zehnfach verteuert einzutauschen, was sie selbst erschaffen hatten in anderer Form: die Arbeit. Verlegen, unsicher, bittend und schüchtern traten sie in die "Geschäfte" und ließen sich von schwatzenden Juden, und Christen, die schlimmer waren als die Juden, das Fell über die Ohren ziehen, daß es nur so flutschte.

In erschreckender Menge hatten sich die offenen Geschäfte in diesen paar Jahren vermehrt. Gleich aber war der trostlose, nüchterne Eindruck dieser Straße geblieben, und vom Morgen bis zur Dämmerung glich sie noch immer in ihrem reizlosen, staubigen Grau einem alternden, ungekämmten und ungewaschenen Weibe.

Grach ließ seine Blicke überall hin gehen. Eigentümlich verändert schien ihm alles —: fremd und doch bekannt. Aber alles war kleiner geworden, zusammengeschrumpft und, wie alte Leute, in sich zusammengesunken.

Größer sieht das Kind die Welt, kleiner sieht sie der Mann.

Vor den Läden lungerten die Kommis, an den Brunnen standen die Mägde und schrieen sich an. Warum schrieen sie so laut? Stritten sie sich? Nein, es war nur eine "gemütliche Unterhaltung". Aber dieser Dialekt war breit, geeignet nur zu einem lauten Sprechen, und schwer verständlich für den Fremden. Grach bemühte sich, Worte und Sätze der Vorübergehenden aufzufangen und verstand meist, was sie sagten. Hatte er selbst früher so gesprochen?

Und wie die Menschen sich grüßten! Mit beängstigender Sorgfalt überspähten sie die Straße, knickten, den Arm nach auswärts in einem spitzen Winkel und zogen oder rissen dann den Hut herab, entweder steil in die Luft hinaus oder hinunter bis fast auf den Boden. "Ihr Diener", sagten sie dabei, "Ihr Diener" —und ein langer Titel folgte.

Die unverhüllte Neugier, mit der die Menschen ihn an- und ihm nachsahen, begann Grach zu ärgern. Ihre Blicke wurden ihm lästig, und er bildete sich ein, von ihnen erkannt werden zu müssen. Er hatte vergessen, daß kein Fremder diesen Blicken entging.

Er ging schneller. Diese Nebenstraße mußte über die Brücke nach dem jenseitigen Ufer führen. Er schlug sie ein.

Eine junge Dame kam ihm entgegen. Sittsam die Blicke zu Boden gesenkt, den Schirm in der Länge einer kleinen Ulanenlanze gegen die Brust gedrückt, eingeschnürt und aufgeputzt mit Bändern und Bauschen, trippelte sie daher, und gegen seinen Willen mußte er lachen, erst heimlich, dann herzlich und offen.

So war, genau so war schon damals alles gewesen: diese ängstliche Unsicherheit im Verkehr, diese feige Rücksichtnahme auf tausend und abertausend in Watte sorgsam gehegter Vorurteile, diese engbrüstige Steifheit, die pappedeckelne Würde-wie kannte er das alles, wie erkannte er das alles wieder!

Und über all dies lachte er, hatte er gelernt zu lachen.

Und abermals lachte er, als er über die Brücke ging, die alte Brücke, und sah, daß alle Scheiben in den Gaslaternen heil und unverletzt waren.

Wie, wurden sie nicht mehr geschlagen, die Schlachten der Ehre? — War Waffenstillstand zwischen den erschöpften Schwestern geschlossen? —Oder aber-war Versöhnung-Friede-aber nein, es war ja Wahnsinn, daran zu denken! . . .

Eine komische Stadt! Eine komische, kleine Stadt! murmelte Grach vor sich hin.

VII.

Auf hohen Terrassen erhob sich vor ihm das "Schloß", ein massives, altes Gebäude mit vielen Anbauten aus neuerer Zeit. Uralter Efeu hing an den Mauern nieder, von einem Garten in den anderen, bis er die Dächer der Häuser an ihrem Fuße fast berührte.

Das Schloß hatte keine Bestimmung mehr. Seine einzelnen Stockwerke mit ihren vielen Flügeln und unzähligen Zimmern waren an einige Familien vermietet, an die reichsten der "Alldahiesigen" und "Hiesigen", welche keine eigenen Häuser besaßen.

Der Fremde, der hier nicht fremd war, stieg langsam den steilen Weg hinauf, der an der alten, düsteren Kirche-sie stand in seltsamen unterirdischen Gängen, die längst verschüttet waren, mit dem Schlosse in Verbindung-zu dem weiten, totenstillen Platze hinauf, der die Flügel des Schlosses gleichsam bis an die Ränder der Anhöhe auseinandergedehnt hatte. Gras, das eine glühende Sonne gelb sengte, wucherte hier zwischen den plumpen, unregelmäßigen Pflastersteinen; nie spielte hier die Jugend der Stadt, auf diesem weiten Platze, der wie geschaffen war zum Umhertummeln. Zuweilen nur bewegte sich eine der weißen Gardinen hinter den hohen Fenstern, und ein behaubter Kopf lugte zwischen ihnen durch, um bald wieder zu verschwinden, denn die leere Oede dieses weiten Raumes wurde selten unterbrochen durch eine Gestalt, die ihren Weg über ihn hinweg nahm, um die andere Seite zu erreichen. Die meisten gingen an den langen Fluchten entlang, um plötzlich in einer der Türen zu verschwinden, öfter während des Tages, in den Nachmittagsstunden geschah es, daß Wagen — moderne, elegante Geschirre mit vortrefflichen Pferden-an den Toren hielten.

Und wieder mußte Grach lächeln, als er diesen weiten, toten Platz überschritt, auf dem die Sonne ungestört die Spiele ihrer Schatten trieb, den er als Kind nie betreten hatte und von dem er nie geglaubt hätte, daß er ihn je betreten würde.

Aber hier mußte sie-der Adresse in ihrem Briefe nach-jetzt wohnen.

Er ging langsam. Und doch war er neugierig geworden auf das Wiedersehen. So lange war es her, daß er keine Blicke mehr in das Heimwesen deutschen Bürgertums getan hatte. Er ein Fremder-und

alles ihm fremd geworden, was von dorther kam . . .

VIII.

Er klingelte an der Tür, von welcher er glaubte, daß es die richtige sei.

Schrill hallte der Klang der Glocke. Dann kamen schlürfende
Schritte, und ein Diener in Livree, aber mit vorgebundener blauer
Schürze, öffnete. Es war keine Besuchsstunde. Aber das war dem
Fragenden jetzt natürlich ganz gleichgültig.

"Ist Frau Boehmer zu Hause?"

"Wen darf ich melden?"

"Ist Frau Boehmer zu Hause?" wiederholte er noch einmal.

"Ja-aber-ich weiß nicht-gnädige Frau —"

"Sagen Sie ihr, ein Herr wünsche sie zu sprechen."

"Gnädige Frau sind im Garten. Ich werde ihr melden —"

Der Diener war völlig außer Fassung und Würde gebracht durch den energischen Ton des Besuchers.

"Dann werde ich Frau Boehmer selbst im Garten aufsuchen. Wo ist der
Garten?"

Der Diener wagte keine Einwendung mehr. Er warf seine Schürze fort und ging voran.

"Hier, bitte."

Sie durchschritten hohe und kühle Gänge, über große Steinfliesen hin, mit denen der Boden belegt war, vorbei an breiten und vornehmen alten Treppen, deren Stufen niedrig und deren Geländer mit weißer, sauberer Oelfarbe gestrichen waren.

Dann öffneten sich die Terrassen der Gärten vor ihnen, die da lagen: still, wie im Schlummer, in der brütenden Nachmittagssonne, weite Blicke in das Tal nach Osten und Westen eröffnend, wo die Schlote qualmten und das Leben hämmerte.

Von wohlgepflegten, üppigen Beeten stiegen die Düfte von reifen
Blüten empor. Der Kies der geharkten Wege war so fein, daß er die
Tritte der Hinschreitenden lautlos aufnahm.

"Ich habe mich anders besonnen," sagte der Fremde plötzlich, "gehen Sie voran und melden Sie Frau Boehmer, ein Herr wünsche sie zu sprechen."

Der Diener versagte es sich jetzt nicht, mit den Achseln zu zucken, aber er ging.

Vor einem Tulpenbeet blieb Grach zögernd stehen und sah nachdenkend in die purpurnen, weitgeöffneten Kelche nieder.

IX.

Der Diener kam zurück.

"Gnädige Frau lassen bitten —" schnarrte er.

Aus einer Laube im Hintergründe des Gartens schimmerte ein weißes Kleid.

Dort, in einem Modejournal blätternd, das sie sichtlich unlustig bei Seite warf, lag in einen Schaukelstuhl hingestreckt eine junge Frau von ungewöhnlicher Schönheit.

Sie blinzelte dem Nähertretenden zu, aber sie machte keine Miene, sich zu erheben.

Erst als er ihr die Hand hinstreckte und lächelnd sagte: "Ich habe deinen Brief erhalten, Clara, und bin selbst gekommen, ihn zu beantworten" —sprang sie mit einem Ruf der Ueberraschung in sichtlicher Verlegenheit auf.

"Nein, wie du dich verändert hast, Franz!" rief sie ein paar Mal; dann aber, nachdem sie sich gesetzt hatten, und während sie ihn mit jener prüfenden Neugier, die nur der Frau eigen ist, musterte, folgte ein Schwall von Fragen, deren Antworten nicht abgewartet wurden, weil sie gestellt waren, ohne daß der Verstand sich etwas bei ihnen dachte und das Herz das Geringste bei ihnen fühlte.

Bei dem ersten Wort, das sie gesprochen, merkte er, daß diese Frau geistig um keinen Schritt weitergerückt war und-ganz wie früher — hörte er gutmütig und geduldig eine Zeit lang ihrer Neugierde zu, beantwortete kaum etwas, und begnügte sich damit, hier und da mit einem Ja oder Nein, oder höchstens einem kurzen Wort sein Schweigen zu unterbrechen.

So kam es, daß sie ihn nach einer halben Stunde nach allem gefragt, aber nichts von ihm erfahren hatte. Später pflegte sie sich dann darüber zu beklagen, daß sie allen Menschen alles, keiner aber ihr etwas erzähle.

Dann fiel ihr ein, daß sie noch nicht wußte, wo er abgestiegen war —:

"Du wirst doch bei uns wohnen, Franz? —gewiß, nicht wahr?"

Sie hatte bisher vermieden, ihn voll anzusehen, nun aber begegneten sich ihre Augen. Sie errötete leicht, als sie seine Antwort vernahm.

"Unter diesen Umständen?" —sagte er ernst und fragend zugleich.

Als sie nun, die Hände erst abwehrend von sich streckend, dann sie vor dem Gesicht zusammenschlagend in gemachtem Schmerze, in ihren Schaukelstuhl zurücksank, hätte er hundert gegen eins wetten mögen, daß sie sich erst in diesem Augenblicke genauer dessen erinnerte, was sie ihm geschrieben . . .

Sie kam nicht auf ihre Frage zurück. Ihre Gedanken weilten bereits bei anderem.

"O laß uns jetzt noch nicht davon sprechen, von meinem Unglück-du bleibst doch länger hier, nicht wahr? —Einige Tage, einige Wochen . . . Du mußt doch alle wiedersehen, deine alten Freunde und Schulkameraden, denke dir, die kleine Ehrling, neben der ich in der Schule saß und die so oft zu uns kam-du mußt dich doch erinnern? — hat einen Landgerichtsrat geheiratet und schon drei Kinder, und dein dicker Freund Rempe, der mit den vielen Schmissen-doch das weißt du nicht, du kanntest ihn ja nur auf der Schule, und da schlägt man sich noch nicht, ja, was wollte ich sagen . . . ja, der dicke Rempe hat die reiche Krüger gekriegt, die mit den Simpelfranzen und den seidenen Kleidern. Ach ja, es hat sich viel verändert hier —"

Sie scheute sich, ihn wieder zu fragen, denn sie fürchtete seinen Blick, seine ernste, fast harte Stimme, mit welcher er eben gesagt hatte: "Unter diesen Umständen?" —

Und so sprach sie weiter: Von dem langen Lenz, der sich "—ach ja, das war es ja, was ich sagen wollte —" wegen einer Frau habe schießen müssen und eine Kugel in den Unterleib bekommen habe; von den Schicksalen der großen Familie Neuhaus, wo so viele Söhne gewesen seien-einer habe sich vergiftet, und der andere sei nach Amerika, denn der Vater sei so hart, aber es sei doch ein rechtes Elend, wenn die Söhne ihren Eltern nicht folgten; und von-und von —und immer so weiter, ein seichtes, unerquickliches Geschwätz, das den Zuhörer betäubte, ängstigte und seine Nerven folterte.

Der hörte zuletzt überhaupt nicht mehr hin. Während sie so vor ihm saß, in der üppigen Schönheit einer reiferen Frau, dachte er daran, daß er es gewesen war, der die Knospe dieser Blüte mit dem ersten Kusse geweckt hatte.

X.

Ihre Schönheit hatte alles gehalten, was sie versprochen. Schon als Kind war sie gradezu auffallend gewesen, obwohl dieses Kind weder graziös und fein, noch von irgendwie eigenartigem Liebreiz gewesen war. Aber das blonde Haar konnte heute kaum reicher sein, als es damals gewesen war, und der feuchte Glanz dieser blauen Augen, der ihm heute nur ein Zeichen trübseliger Langeweile schien, war ihm und anderen-denn die halbe Klasse war in sie verliebt-damals schwärmerische Idealität und echt weibliches Hingebungsbedürfnis gewesen.

Nicht für lange.

Aber es gab eine kurze Zeit in seiner Jugend-es war zwei Jahre vor ihrer Trennung —, da war ihm das ständige Zusammenleben mit seiner Halbschwester unter den blinden Augen der Mutter sehr gefährlich geworden.

Seine Sinne erwachten und verlangten nach ihr. Ihre beständige Nähe brachte sie in Aufruhr und hielt sie wach.

Den ganzen Sommer hindurch verbrachte er in qualvoller Aufregung, in einem beständigen Zwiespalt, der seiner energischen Natur schwerer zu ertragen war als alles andere.

Sie war ihm gleichgültig. Alles, was sie sprach, ließ ihn kalt. Ihr Benehmen gegen ihre Mutter empörte ihn mehr als je, wenn er sich auch niemals tätlich darum kümmerte, was zwischen diesen beiden Personen vorging. Ihr Kokettieren mit seinen Kameraden, die sich über das eitle Mädchen lustig machten, fand er lächerlich-und doch beschäftigte sie ihn. Er träumte von ihr. Er glaubte sie in den Armen zu halten. Er haschte nach ihrer Hand, wenn sie allein waren, und er war ruhiger, wenn sie ihm dieselbe nicht entzog. Er war öfter um sie, als je zuvor. Die Mutter freute sich darüber, daß das sonst so kühle Verhältnis zwischen Schwester und Bruder sich besserte.

Eine unheimliche Glut ging von ihr aus, die ihn wahnsinnig machte. Tage konnten vergehen, ohne daß sie ihm gefährlich war, aber dann kam immer wieder eine Stunde, in der er von ihrer Seite aufspringen mußte, weil er es nicht mehr ertragen konnte, sie zu sehen, ohne sie an sich zu reißen.

Er fürchtete sich vor sich selbst; aber vor ihr graute ihm.

Ein später Abend brachte die Erlösung. Sie saßen zusammen in der Laube bei einer trübe brennenden Lampe. Die Mutter hatte sich gähnend und seufzend zur Ruhe begeben. —Es war ein Abend voll wunderbarer Weichheit der Luft. Der Glanz der Sterne war feucht und tief.

Sie wagte es zu bleiben. Sie spielte mit dem Feuer in verzehrender
Neugier.

Er las in einem Buche und hielt den Kopf gesenkt, um sie nicht ansehen zu müssen. Er hatte noch zu lernen und glaubte, sie würde gehen.

Sie aber ging nicht, sondern beugte sich noch weiter vor, mit ihrer weichen Stimme, die sie von ihrer Mutter geerbt hatte, eine gleichgültige Frage stellend.

Fast berührten sich ihre Stirnen. Da riß er ihren Kopf mit einer jähen Bewegung an sich und bedeckte ihr Gesicht mit unzähligen Küssen: er küßte ihre Augen, ihre Wangen, ihren Mund, ihren Hals.

Sie wehrte sich, aber nur schwach. Während sie sich indessen-ein halb ernstliches, halb freudiges Erschrecken heimlich überwindend — in der Ueberlegenheit der Frau fragte, ob sie ihn gewähren lassen solle, fühlte sie, wie er sie plötzlich losließ und von sich stieß.

Wenn sie oft nachher-nachdenklich über diese jähe Veränderung seines Wesens in dieser Minute-sich einbilden wollte, es sei ein moralischer Antrieb gewesen, der ihn so plötzlich von ihr gerissen, so irrte sie sich völlig.

Ein Duft war von ihr ausgegangen, als er an ihren Lippen hing, und in ihren Haaren wühlte, der ihn plötzlich ernüchtert hatte. Derselbe Duft, der ihn betäubt hatte in der Ferne und ihn angezogen, stieß ihn ab, als er in nächster Nähe auf seine Sinne wirkte. Es war direkter Widerwille, der ihn erfaßte-unerklärlich, aber zwingend.

Eben noch über alles begehrenswert, war sie ihm jetzt so gleichgültig, wie nur je zuvor.

Hurtig raffte er seine Bücher zusammen und eilte mit einem schnellen
"Gute Nacht!" in das Haus.

Sie sah ihm nach und verstand ihn nicht.

Ihr Zauber war völlig gebrochen.

Sie merkte es sofort am nächsten Tage.

Sie bot viel auf, um ihn wieder zu gewinnen. Aber nichts mehr gelang ihr.

Im Laufe der nächsten beiden Jahre, in denen sie wieder nebeneinander herlebten, vergaßen sie fast die Szene dieses Abends.

Auch er wurde ihr gleichgültig.

Sie dachte bereits an ihren zukünftigen Gatten, wenn sie die Männer sah, die sich um ihre Schönheit drängten.

Sie wählte sich einen der ältesten unter ihnen und fast den reichsten.

An ihren Halbbruder dachte sie erst wieder, als die Langeweile ihrer Tage sie nach neuen Sensationen suchen ließ, und die Neugierde neue

Nahrung für ihre klatschhafte Zunge verlangte.

XI.

Der Zauber war gebrochen.

Sie war ihm nur noch eine Studie, wie sie dort vor ihm saß —: die kleinen Füße in den eleganten Schuhen vorgestreckt, ermüdet durch Nichtstun, scherzend, liebäugelnd mit der Wohlhabenheit ihrer Umgebung, denn sie fand, daß er es doch wenig weit gebracht hatte, seiner einfachen, fast unmodernen Kleidung nach zu schließen.

Doch sie begann es zu merken, daß auch er sie beobachtete, obwohl er sie nicht ansah und offenbar nicht hörte, was sie sagte.

Sie wurde unruhig.

"Aber du hörst mir ja gar nicht zu, und ich sitze hier und erzähle dir alle Neuigkeiten von Bedeutung, die seit zehn Jahren hier geschehen sind —"

Er sah auf. Und wieder errötete sie unter seinem Blick.

Wieder suchte sie ihn abzulenken.

"Und nächsten Mittwoch ist Harmonie-Abend im Kasino: Musik und Ball, da wirst du alle wieder sehen, die du kennst, unsere ganze Gesellschaft —"

Zum erstenmal sprach sie von ihrem Mann:

> "Er hat mir zwar verboten, hinzugehen, ersagt, es sei zu viel für mich", sie stampfte mit dem Fuße auf, "aber jetzt, wo du hier bist, *muß* er es mir erlauben, *muß* es, *muß* es!"

Sie hielt einen Augenblick inne, etwas erschöpft und erhitzt von dem langen Sprechen, aber schon ging es weiter.

"Oder besser noch, wir geben eine Gesellschaft, eine große Gesellschaft dir zu Ehren —" sie klatschte in die Hände vor Vergnügen und wartete offenbar auf einen ähnlichen Ausbruch des Entzückens bei ihm.

Aber er erkannte jetzt, daß es die höchste Zeit war, dieser Komödie ein Ende zu machen.

Er rückte seinen Stuhl näher und beugte sich etwas vor, so daß er gerade vor ihr saß.

Sie fühlte, nun kam es.

Fast scherzend begann er.

"Ich glaube, du langweilst dich, Clara."

"Ach ja, ich langweile mich —" seufzte sie.

"Nun, so solltest du dir Tätigkeit suchen —"

Sie antwortete nicht. Er lächelte unmerklich und fuhr fort: "Oder aber Zerstreuung —"

Da sah sie auf und richtete ihre schwimmenden Augen auf ihn.

"Zerstreuung-aber wie? —Was gibt es hier für Zerstreuung?"

"Reise."

"Reisen-ich kann ja nicht, er hat ja nie Zeit."

"Wer?"

"Nun, er, mein Mann."

"Daran dachte ich nicht. Ich meinte natürlich, du solltest allein reisen."

"Allein?!" wiederholte sie mit dem Ausdruck des Erstaunens, des Erschreckens. "Wie kann eine verheiratete Frau allein, ohne ihren Mann, reisen?"

"Weshalb kann denn eine verheiratete Frau nicht allein, ohne ihren Mann, reisen?" Unwillkürlich brauchte er dieselben Worte wie sie. Aber es geschah ganz ohne spottende Absicht.

Er wartete auf ihre Antwort. Sie wich ihm aus.

"Ja, ich weiß, daß du so seltsame Ansichten über die Ehe hast. Wie heißt doch dein Buch darüber? —Eine Freundin-die Frau von Redlich, du kennst sie nicht, sie sind erst drei Jahre hier, der Mann ist Hauptmann-ja, sie hat es mir gesagt. Sie wollte mir auch das Buch leihen, sie hat es mir ganz fest versprochen, aber sie hat es mir immer noch nicht gebracht, denn sie muß erst den Professor Hastrich vom Gymnasium fragen, dem gehört es . . ."

Grach hatte Mühe, nicht loszulachen.

Daß man ein Buch auch kaufen könne, war dieser Frau offenbar noch nicht bekannt, und sie, die gewohnt war, auf Damast zu schlafen und von silbernen Schüsseln zu speisen, scheute sich nicht, die schmutzigsten Leihbibliotheksbände durch ihre weißen Hände gleiten zu lassen. Auf dem Tische vor ihm lagen einige Exemplare dieser Art.

Die Sonne brannte durch die Blätter der Laube. Ihre Glut hatte die höchste Höhe erreicht. Ihn dürstete. Er bat um etwas Wein und Wasser. Während der Diener es brachte, schwiegen sie. Da sie sah, daß er nicht antwortete, sagte sie: "Könntest du mir nicht sagen, was du in deinem Buche geschrieben hast über die Ehe, nur ganz kurz —ich komme so selten dazu, ein Buch zu lesen —"

Er beugte sich wieder zu ihr hin.

"Ich glaube, daß es so viel verschiedene Neigungen und Bedürfnisse gibt, als es Menschen gibt, und ich wünsche, daß jeder Mensch diesen seinen Neigungen ungestört nachlebe, aus dem einfachen Grunde, um selbst ungestört den meinen folgen zu können.

Ich maße mir nicht an, die Menschen zu verstehen. Wir verstehen überhaupt wenig von einander. Aber frech greifen wir täglich und stündlich in das Leben unserer Mitmenschen ein, unter dem lügenhaften Vorgeben, ihnen helfen zu wollen. Ich möchte, daß ein jeder nach seiner Façon glücklich werde hier auf der Erde.

So ungefähr ist der Grundgedanke meines Buches. Du hast es nicht gelesen; ich mußte ihn dir daher schnell herzeichnen.

Wovon man dir aber wahrscheinlich erzählt haben wird, das ist das Kapitel, welches ich 'Die Menschen der Ehe' betitelt habe. Ohne irgendwie zu klassifizieren oder zu schematisieren, habe ich in ihm die Frage gestellt, ob es nicht einen größeren Teil Menschen gäbe in unserer Zeit, auf welche diese Bezeichnung mit Recht sich anwenden ließe; Menschen der Enge im Gegensatz zu den Menschen der Weite; Menschen, die nie in Konflikt kommen mit ihrer Umgebung, da sie alle Geschicke-alle, die aus der Menschen Hände kommen-als von Gott ihnen auferlegt betrachten; Menschen der kleinen Zufriedenheit, die ihr Glück finden in den Winkeln des Tages, immer an dem einen Tische und immer an derselben Brust: Menschen, die nicht wissen, was es heißt, ein Versprechen auf Lebenszeit zu geben, weil sie nicht wissen, was es heißt: zu leben; Menschen der Stagnation, nicht Menschen der Bewegung; Nummern, aber Nummern, welche zu Zahlen werden, und welche ich deshalb hasse! —

Menschen der Gewöhnlichkeit! —Menschen der Ehe! —"

Er hatte fast langsam, mit Ruhe und ohne äußere Leidenschaft gesprochen.

Aber während er sprach, hatte er vergessen, zu wem er sprach.

Als er geendet hatte und es merkte, verdroß es ihn. Seit so langer Zeit war er gewohnt, zu sprechen, wie er wirklich dachte, so daß er es verlernt hatte, seine Gedanken zu modeln nach dem Ohr seiner Zuhörer.

Es hätte ihn nicht zu verdrießen brauchen. Denn er hatte zu tauben Ohren gesprochen.

"Verzeih," sagte er-er glaubte, sehr lange gesprochen zu haben — "verzeih, daß ich so lange sprach. Ich möchte nicht mißverstanden werden in dem, was ich dir jetzt sagen muß."

Wieder zwang er sie, ohne es zu wollen, zu erröten. Er hatte bis jetzt kaum den Mund aufgetan, sie hatte unaufhörlich geplappert —: er bat sie um Entschuldigung.

Sie begann ihn zu hassen.

Verstanden hatte sie kaum etwas von dem, was er gesagt hatte. Sie hatte ihm fast so wenig zugehört, wie er ihr. Ihre Gedanken waren jetzt damit beschäftigt, wie sie ihn auf die beste Manier loswerden könne.

Für sie gab es keine bedeutenden und unbedeutenden Menschen. Für sie gab es nur Menschen, die ihr zuhörten. Und die Männer zumal! Von denen war sie ja gar nichts anderes gewohnt, als daß sie ihr zu Füßen lagen.

Daher beleidigten sie diese Ruhe und Sicherheit.

"Ach, ich bin sehr unglücklich!" rief sie und deckte mit den Händen die Augen. "Ich weiß nicht, was ich tun soll . . ."

Es war ihr zweites Mittel, mit diesem Manne fertig zu werden. Ihr drittes und letztes waren die Tränen. Aber zu diesem wollte sie erst greifen, wenn alle anderen erschöpft waren.

"Ja, Clara, wenn du nicht weißt, was du tun sollst, wer soll es dann wissen?"

Sie sah ihn an mit ihren hellen Augen, wie ein hilfloses Kind.

"Du bist doch hergekommen, um mir zu helfen."

Er stand auf. Diese Frau verstand nichts, sie konnte und wollte nichts verstehen.

Er mußte sie zwingen, den Tatsachen ins Gesicht zu sehen, vor denen sie floh, feig, jammernd und haltlos.

Er blieb vor ihr stehen.

"Nach deinem Briefe mußte ich annehmen, daß du den unwiderruflichen Entschluß gefaßt hattest, dich von deinem Manne auf immer zu trennen, da du ein Weiterleben mit ihm als unmöglich erkannt hast. In der Ausführung dieses Entschlusses, dir zu helfen, bin ich hergekommen, nicht aber, um dich in deinen Entschlüssen zu beeinflussen. Und auch nicht, wie du dir vorhin glauben zu machen suchtest, um diese Stadt, die mir ganz uninteressant ist, und alte Bekannte, von denen ich nichts mehr weiß, und die nichts mehr von mir wissen wollen, wiederzusehen, oder auf eure Bälle und in eure Gesellschaften zu gehen, denn ich verkehre überhaupt nicht in bürgerlichen Kreisen. —Meine Zeit ist sehr bemessen —"

Er ging hastig umher. Sie fürchtete sich vor ihm.

"Aber du hast mich gerufen mit dem Schrei nach Hilfe. Läßt man den Sinkenden vor seinen Augen untergehen, wenn man seine verzweifelnde Stimme vernimmt? Und wenn" —so unterbrach er sich unwillkürlich lächelnd —"ich dich auch nicht auf dem offenen Meere kämpfen sah, so sah ich dich doch ringen mit der trüben Flut dieses-Teiches."

Er wurde wärmer.

"Deine verstorbene Mutter ist sehr gut gegen mich gewesen. Sie hat mir, dem Verwaisten, ein Dach und einen Tisch geboten viele Jahre lang. Und dann haben wir beide unsere Jugend nebeneinander verlebt, wenn auch nicht miteinander. Das vergißt sich nicht so leicht. Darum bin ich gekommen, nur darum."

Er hatte eine Rose vom Strauch gerissen und zerstreute während des
Sprechens ihre Blätter achtlos umher.

"Wie er die Blume behandelt!" —dachte sie. Sie hatte nur noch einen Wunsch: diese erbarmungslos klare und schneidende Stimme nicht mehr zu hören. Aber diese Stimme klang weiter.

"Ich komme hierher in dem festen Glauben, dich bereit zu finden, den entscheidenden Schritt zu tun. Ich finde dich völlig schwankend, ohne jeden Entschluß-sage mir doch, weshalb du mich eigentlich gerufen hast?" —

Sie sah sich bis auf den letzten Punkt gedrängt und verließ ihn, um sich zu retten, indem sie zum Angriff überging.

"Du sprichst so viel", klagte sie, "von den Mißständen in der Ehe.
Willst du mir nicht sagen, wie du dir denn die Ehe denkst? —Wenn du
etwas beseitigen willst, so mußt du doch etwas anderes an dessen
Stelle setzen können."

Diesen letzten Satz hatte sie einmal irgendwo gehört, und er däuchte ihr gut und passend, um ihn jetzt anzuwenden. Kein Weib ist ganz ohne Schlauheit. Auch sie war es nicht.

Grach antwortete sofort.

"Ich kenne nur ein Verhältnis wie zwischen Mensch und Mensch, so zwischen Mann und Weib, das ich würdig nenne: das auf gegenseitiger Unabhängigkeit beruhende; denn es ist zugleich das einzige, das die gegenseitige Achtung ermöglicht. Der Herr verachtet den Knecht, und der Knecht haßt den Herrn."

Mit verständnislosen Augen sah sie vor sich hin.

"Und in der Ehe?" —fragte sie unsicher.

"Bemitleidet der Mann heimlich die Frau, während die Frau ihn heimlich belächelt."

Verstohlen blickte sie ihn von der Seite an.

Woher weiß er das? —war ihr erster Gedanke.

"Es gibt doch so viele glückliche Ehen —"

"Wie viele kennst du?"

"Nein —, aber —"

"Nun, ich leugne es. Es gibt verschwindend wenige. Was Glück genannt wird, ist Zufriedenheit. Und was Zufriedenheit scheint, ist nur Gewöhnung jene Gewöhnung der schwächlichen Ohnmacht, die davor zurückschaudert, Ketten zu brechen, und in feiger Nachgiebigkeit Schritt für Schritt zurückweicht, Stück um Stück ihrer eigenen Würde, ihrer eigenen Freiheit und-was das Traurigste ist-ihres eigenen Glückes opfert, um das zu werden, was eine alberne Oeffentlichkeit einen guten Ehegatten, ein treues Eheweib nennt."

"Aber wie denkst du dir denn —" begann sie zu wiederholen.

"Das Verhältnis zwischen Mann und Frau in der Freiheit? —Ich verstehe eine solche Frage kaum. Vernünftige Menschen kommen zusammen, wenn sie sich lieben und gehen auseinander, wenn sie sich nicht mehr lieben. Mag sein, daß sie bis an ihr Lebensende zusammenbleiben in Liebe und Einigkeit. Oft wird es nicht der Fall sein."

Auch sie stand nun auf.

"Aber um Gotteswillen, das ist ja im höchsten Grade unmoralisch, was du da sagst!" rief sie. "Es ist ja unanständig!"

Er lachte nur, laut und rücksichtslos.

Er hatte ihr so viel Klugheit zugetraut, daß sie ihn fragen würde, was aus den Kindern der freien Verbindung werden würde. Aber er täuschte sich auch diesmal. Sie rief-wie alle Schwachköpfe-die Moral zu Hilfe, wo ihr Verstand nicht mehr ausreichte.

Gleichmütig sagte er:

> "Ja, über Anständigkeit und Ehrenhaftigkeit gehen meine Anschauungen und die deiner Klasse, welche du teilst, wie ich sehe, weit auseinander. Ich weiß, daß es noch viele, viele Menschen gibt, die eine Vereinigung erst dann für anständig halten, wenn sie sich dieselbe gegenseitig erlaubt haben: Standesamt-Kirche und Pfaffe — Hochzeitsreise; die es anständig nennen, wenn zwei Menschen zusammenbleiben, die sich nicht mehr sehen können und die erkannt haben, daß auch das leiseste Gefühl sie nicht mehr zusammenhält, sondern nur noch das gegebene Wort. Ich weiß aber auch, daß es Menschen gibt, welche jede Umarmung, die aus anderen Gründen erfolgt als aus gegenseitiger Liebe, gemein nennen, und zu diesen Menschen gehöre auch ich. Und eins möchte ich dir und allen, die die Ehe verteidigen und unsere Anschauungen der freien Liebe so laut und emphatisch beschreien, eins Möchte ich euch allen, euch Menschen der Ehe, sagen: Tut, was ihr wollt, aber zeigt uns durch eure eigenen glücklichen Ehen, daß wir im Unrecht sind und ihr im Recht seid mit eurer Heiligsprechung der Ehe! Dann werden wir euch vielleicht glauben, eher nicht!"

Er griff nach Hut und Stock.

"Adieu, Clara," sagte er und gab ihr die Hand, "leb' wohl! Ich habe gesehen, daß du nicht unglücklich bist. Du bist unzufrieden, natürlich-du bist ja nicht frei. Aber wer kann dir da helfen, wenn du es nicht selbst tust?" —

Sie war vollständig verwirrt. Sie wollte ihm noch etwas entgegnen, sie hatte den glühenden Wunsch, ihn noch zu demütigen, aber sie fand kein Wort mehr seiner kalten Ueberlegenheit gegenüber. Nicht einmal ihr letztes Mittel jetzt anzuwenden, schien ihr zweckmäßig. O, wenn sie das vorher gewußt hätte, nie hätte sie ihm geschrieben!

Und sie kämpfte mit ihren Tränen der Wut und des Zornes, als sie ihm gegen ihren Willen die Hand geben mußte. Er aber ergriff sie und schüttelte sie freundlich. Dann ging er mit seinen schnellen Schritten den Kiesweg entlang, durch den hohen und kühlen Flur an der weißen Treppe vorbei und über den weiten Platz, der verlassen lag wie vor einigen Stunden.

Als er in seiner Mitte angelangt war, kam von der anderen Seite her ein älterer Herr. Er ging schon gebeugt.

Grach sah ihn in die Tür treten, die er soeben verlassen. War das ihr Mann?

Wenn er mit den Blicken die Wände hätte durchdringen können, wäre ihm folgendes Bild erschienen: Frau Clara Boehmer hing am Halse dieses älteren Herrn, küßte ihn stürmisch und bettelte ihm die Erlaubnis ab, am nächsten Mittwoch den Ball im "Kasino" besuchen zu dürfen (—in einem ganz neuen Kleide —), während sie in ihrem Innern beschlossen hatte, ihm fürs Erste noch nichts von dem Besuch zu erzählen, den sie so schnell und dazu noch auf eine verhältnismäßig so gute Art und Weise losgeworden war.

Grach ging, ohne eigentlich zu wissen, wohin. Während er noch in Gedanken versunken war, die ihm in diesen Stunden gekommen und die er nun weiter und zu Ende dachte, während er so in Gedanken zu Boden sah, ging er ganz instinktiv die Wege, die zur Höhe des Berges zwischen den Gärten und ihren Mauern hinführten, und die er so zahllose Male als Kind und als Knabe im Spiele gelaufen, lernend, erzählend, mit Kameraden und allein, traurig und fröhlich gegangen war.

Er sah nicht, wohin er ging. Nur ins Freie, hinaus, fort aus der Albernheit dieser Enge, die ihn eben stundenlang umschnürt gehalten hatte!

Er war wie zerschlagen.

Seit Jahren hatte ihn nichts, keine Unterredung, keine Diskussion, keine Verhandlung, so ermüdet, wie die Unterhaltung dieses Nachmittags.

Ihm war, als habe er Zuckerwasser trinken müssen, in großen Quantitäten, ein Glas nach dem andern. Ihm war als sei er umhergetappt in schwülen und haltlosen Nebeln, als habe er etwas Weiches, Zerrinnendes zwischen seinen Fingern gehalten, etwas, das formlos war und keine Gestalt annehmen wollte, er mochte bilden, wie er wollte.

Es war die Moral der Bourgeoisie gewesen, mit der er eben diesen Kampf gekämpft hatte, diese satte, selbstgefällige, verächtliche Moral, die keinem Gedanken Stand hielt, an jeder Wahrheit genäschig schleckte und alles, alles, alles herunterzog in den Staub ihrer Mittelmäßigkeit. Er haßte sie, diese Menschen, er fühlte erst jetzt, wie sehr er sie immer gehaßt hatte: ihre Anschauungen, ihre Sitten, ihre Gewohnheiten, ihr heuchlerisches Weinen und ihr oberflächliches, humorloses Lachen.

Was wollte denn diese Frau eigentlich?

Hatte sie nicht alles, was ein Mensch nur an äußerlichem Glück begehren konnte?

Sie war schön. Sie war noch jung. Sie war reich. Aber sie hatte einen Mann, der wohl zuweilen eine eigene Meinung zu haben sich erlaubte; einen Mann, der sie nicht so befriedigte, wie ihre Natur es verlangte. Nun, warum ging sie nicht von ihm, wenn sie es bei ihm nicht mehr "aushalten" konnte?

Nichts hielt sie, als die kindischen Anschauungen ihrer Klasse von
Ehre und Sittlichkeit.

Die Welt lag vor ihr. Warum ging sie nicht hinein, lernte kennen, was dem Suchenden so interessant, so geheimnisvoll, so neu und so unendlich reizvoll erscheinen muß?

Weshalb genoß sie nicht die Schönheit dieser Welt, von der sie nichts kannte?

Sie konnte nicht allein sein. Zu flach, um sich selbst auch nur auf eine Stunde zu genügen, konnte sie auf eine Stunde nicht die Gesellschaft entbehren, deren Leben ihre Nahrung war. Machtlos, sich durch ihre eigene Persönlichkeit neue Verbindungen zu schaffen, wäre sie draußen in der weiten Welt gestorben vor Langeweile, verzehrt von Sehnsucht nach dem kleinlichen Getriebe ihrer früheren Tage.

Deshalb mußte sie bleiben, wo sie war, auf dem Platze, auf den sie ihr eigener freier Wille gestellt, und den zu verlassen sie nicht die Kraft besaß.

Sie mußte ihr "Unglück" weitertragen.

Er glaubte nicht an dieses Unglück. In Wirklichkeit hatte er nie geglaubt, daß diese Frau jemals unglücklich werden könne.

Außerdem würde sie ihren Mann allmählich besiegen. Eine echte Frau, die sie war, würde sie ihn mürbe machen —: langsam, nach und nach, mit aller Zähigkeit, würde sie ihm Locke auf Locke seiner Kraft rauben, bis er willenlos geworden war ihr gegenüber.

Der Mann war mehr zu bedauern als sie.

Für ihn aber war sie eine abgetane Sache. Es war eine Dummheit gewesen, daß er hierher gekommen war. Er gehörte nicht zu den Menschen, die sich schämen, ihren Dummheiten ins Gesicht zu sehen. Aber er glaubte doch, nun sagen zu dürfen, daß er so bald keine neue machen würde.

Am liebsten wäre er noch heute Abend abgereist. Doch er wußte nicht, wann die Züge gingen. Und außerdem-er war nun einmal hier. Die Hitze des Tages begann langsam nachzulassen. Er wollte noch einige Stunden verbringen auf dieser Höhe mit dem Blick auf die Stadt zu seinen Füßen. Irgendwo würde er schon ein grünes und kühles Plätzchen finden.

Und mit dem charakteristischen Ruck seiner Schultern schüttelte er die Erlebnisse dieses Nachmittages von sich: aus seiner Stirn und von seiner Brust.

Nun waren sie ihm erledigt für immer.

XIII.

"Eine komische, kleine Stadt!" hatte er noch vor drei Stunden zu sich selbst gesagt.

Aber von dieser Höhe aus gesehen schien die Stadt weder klein noch komisch, und er dachte, es müsse gräßlich sein, in ihr zu leben und zu sterben.

Gewiß-man wußte nicht mehr, was der Nachbar kochte und aß, aber was er trieb und ließ, man kümmerte sich darum noch immer bis in die kleinsten Einzelheiten hinein.

Daher wagte sich keiner zu rühren, und bei jeder Handlung, die er beging, sah er zuerst den anderen an, ob dieser dasselbe je getan oder je tun würde.

Es gab Männer von Genie in dieser Stadt: aber ihr Genie war völlig einseitig. Es war einzig darauf gerichtet, Geld in möglichst großen Massen zusammenzuspeichern. Ein schlechterer Gebrauch konnte von demselben nicht gemacht werden, wie es hier geschah: es blieb oft einfach liegen und vermehrte sich dann-infolge der Privilegien, die es schützten-von selbst. Es zog alle Kraft und alle Energie dieses ganzen Landes an sich. Es war ein kaltes, grausames, sinnloses Ungetüm, unersättlich und gierig.

Auch denen, die es besaßen, gab es nichts. Denn sie hatten keinen Geist. Sie hatten keine Spur von Geist. Sie machten alle Jahre eine vierwöchentliche Reise und schickten ihre Söhne einige Jahre in die Freiheit des Lebens.

Außerdem gaben sie alle paar Wochen ihrer ganzen Familie große Essen, bei denen es hoch herging. Man sprach im heimischen Dialekt und ergänzte die Familienchronik.

Das war aber auch alles. Für kein Vergnügen feinerer Art hatte man hier den geringsten Sinn. Man besaß kein Theater, keine Konzerthalle, und man kaufte nie ein Buch. Die Kunst war hier so heimatlos wie die Wissenschaft.

So war es vor zehn Jahren noch gewesen.

Ob es heute noch so war, wußte Grach nicht. Es war ihm auch gleichgültig. In der Zeitung der einen Stadt-die der einen war konservativ, die der anderen freisinnig, und sie lagen sich natürlich beständig in den Haaren-hatte sich noch kein Wort geändert gegen früher. Er hatte sie beim Essen durchflogen.

Nein, es war keine komische Stadt, wenigstens nicht für den, der in ihr zu leben gezwungen war.

Es war auch eigentlich keine kleine Stadt, denn sie füllte, wie er jetzt sah, die ganze Breite dieses Tales. Sie hatte sich vergrößert. Man hatte-traurig genug-zu den drei alten noch zwei neue Kirchen gebaut.

Dieses Tal entbehrte der Anmut nicht. Der träge Fluß durchschnitt üppige Wiesen, und die Hügel waren bedeckt mit dichtem Tannen und Laubholz. Aus einer dieser dunklen Kuppen ragten die schlanken Turmspitzen eines modernen Schlosses in den sonnenheißen Himmel. Dort wohnte der König der Gegend. Er wußte, daß er das war: er redete seine Arbeiter mit Ihr an und sorgte für sie, wie "ein Vater für seine Kinder." Ihm ging es gut dabei; seinen "Kindern" weniger. Never mind! —

Und immer wieder wandten sich Grachs Augen nach rechts und nach links, dorthin, wo an den Grenzen seiner Blicke die Wolken des Rauches sich ballten zu seltsamen, fremdartigen, formlosen Gebilden.

Ideen schienen es zu sein, die nach Gestaltung rangen. Und er sah im Geiste den Tag, wo diese Ideen, nicht am hellen Nachmittag in heißer Sonne, nein, am kühlen Abend, beim Beginn der Nacht, in rußige, markige Gestalten verkörpert, von beiden Seiten dieses Tales herangezogen kamen und diese ganz abgelebte Gewöhnlichkeit, dieses ganze Nest von Aemtern, Titeln und Würden, diese ganze Uniformität der Gesinnung so durcheinander rüttelten, daß die friedlichen Schläfer dieser guten Städte am nächsten Morgen nicht mehr wissen würden, auf welcher Seite des Flusses sie eigentlich waren.

Dann würde er vielleicht endlich geendet sein, der erbitterte Streit um die Oberherrschaft.

Aber dann würde es auch zu spät sein.

Eine komische kleine Stadt!
Nein, es war weder eine komische, noch eine kleine Stadt.
Trotz der Hitze fröstelte Grach.
Die Sonne quälte ihn, und seine undankbaren Gedanken quälten ihn ebenfalls.
Hatte er nicht Grund, dankbar zu sein?
Dankbar dafür, daß er nicht mehr hier zu leben brauchte? —
Er wandte sich ab und stieg den Weg weiter hinauf. Ein Blechschild fiel ihm in die Augen:

"Gartenwirtschaft". Das war, was er suchte. Bäume und Schatten und
Stille.

Er stieg eine Treppe empor und durchschritt die Tür. Da stutzte er plötzlich.
Vor ihm her ging eine Frau.

XIV.

Er erkannte sie sofort.

Nur eine Frau war ihm im Leben begegnet, der dieser feste, stolze
Gang, diese aufrechte, und doch graziöse Haltung eigen war: Dora
Syk. Sie mußte seine Schritte gehört haben, denn sie wandte sich um.

Zu gleicher Zeit streckten ihre Hände sich einander entgegen und faßten sich mit starkem,
freundschaftlichem Druck.

Die Freude, sich wiederzusehen, war auf beiden Seiten gleich groß und ehrlich. Gleich war
aber auch bei beiden eine gewisse Verlegenheit: man war hier auf fremdem Boden und wußte
im ersten Augenblick nicht recht, wie man es dem anderen klar machen sollte, weshalb man
hier war . . .

Dort, wo ihre eigentliche Heimat war, in der großen, weiten Welt, in dem Getriebe der
ungeheuren Stadt, in den schrankenlosen Verhältnissen, deren Physiognomie wechselte wie der
schwankende Tag, in der großen, geistigen Bewegung, waren sie sich zuerst begegnet, hatten
sie sich gesehen, sich gesprochen, waren sie schnell wieder auseinander gerissen, hatten sich
nicht vergessen, aber auch kaum mehr aneinander gedacht, vielleicht nur deshalb, weil sie keine
Zeit dazu hatten.

Seinen Namen hörte sie oft: er wurde überhaupt viel genannt; ihren
Namen hatte er lange gekannt, ehe er sie sah, denn er war eine
Zeitlang viel genannt worden. Es war gewesen, als sie einundzwanzig
Jahre alt war und ihr erstes Werk Aufsehen erregte. Vor etwa sechs
Jahren.

"Franz Grach" —

"Dora Syk" —

Sich hier wiederzusehen, war für beide eine ganz außergewöhnliche Ueberraschung, und indem sie nach einem Wort suchten, um dieselbe auszudrücken, fingen sie beide plötzlich an zu
lachen und gaben sich nochmals die hand, wie um sich zu vergewissern, daß sie es wirklich
waren.

"Fräulein Dora Syk!" rief er aus. "Also deshalb hört man nichts mehr von Ihnen —"

"Es ist sehr eigentümlich, daß wir uns hier treffen," sagte sie, indem sie ihre Hand zurückzog.

"Nicht so sehr, was mich betrifft: bin ich doch hier in der Stadt meiner Jugend. Ich bin
nämlich hier erzogen."

"So. Und ich erziehe jetzt hier."

Er fuhr zurück.

"Das ist schrecklich. Wen erziehen Sie denn?"

Sie lachte herzlich. "Kinder", sagte sie, "Mädchen von zwölf und dreizehn Jahren."

"In der höheren Töchterschule?" —

"Ja, in derselben", entgegnete sie, und immer noch lag Lachen um ihren Mund. "Ich bewun-
dere die Treue Ihres Gedächtnisses. Wie lange waren Sie nicht hier?" —

"Fast ein Jahrzehnt nicht. —Hören Sie:

> Der Herr segne Deinen Ausgang und —"

"Und deinen Eingang-ja, so steht es über dem Tor geschrieben."

"Lachen Sie doch nicht, Fräulein Syk! Ich weiß, was es heißen will,
Lehrerin an dieser Schule zu sein-für Sie ist es unwürdig."

"Nein," sagte sie schnell und wurde ernst, "es ist nicht unwürdig, um sein Brot zu arbeiten.
Aber eines ist sicher: es ist lähmend, weil es unnütz, total unnütz ist. Denn ich bin gehindert,
das zu sagen, was ich sagen möchte, wenn ich auch nicht gezwungen bin, zu sagen, was ich
nicht sagen will . . . Unwürdig? —Nein, das Schweigen der Machtlosigkeit ist nie unwürdig."

Er sah sie inmitten dieser Gesellschaft, die er kannte-die Personen konnten sich geändert
haben, die Tendenzen nie: der Direktor ein Pietist, die Lehrer zu halben Weibern geworden in

ihrer falschen Stellung zwischen lauter Unterröcken, die Lehrerinnen alte Jungfern, verbittert die einen, emanzipiert im unguten Sinne die anderen-und er hörte nicht auf das, was sie ihm entgegnete.

"Wie können Sie hier leben?" rief er fast heftig. "Wie können Sie sich stellen zu diesen Mumien —"

"Sehr gut. Sie hassen mich so, daß wir fast nie zusammen sprechen —"

"Ja, was sollten Sie auch zusammen sprechen!" rief er. "Und machen Sie mir nur nicht vor, daß es anders ist mit dieser entzückenden Jugend, ich kenne sie, diese unreife Gesellschaft, schlimmer als die Buben sind sie: kokett schon, noch mit der Puppe im Arm, neugierig, naschhaft, und ganz schon von dieser entsetzlichen Schwatzhaftigkeit der Alten, dieser Schwatzhaftigkeit der Leere, die nichts zu sagen weiß und immer plappert, plappert —o, ich habe sie eben drei Stunden lang gehört! —"

Sie ging ruhig weiter, aber sie antwortete ihm nicht mehr. Ihr Beispiel, dachte er da, dieses herrliche Beispiel der Kraft und Gesundheit, der Vorurteilslosigkeit und Schönheit, des Geschmacks und der Gesundheit der Harmonie, ihr Beispiel, sollte wenigstens nicht dieses schweigend wirken? Und er fragte sie danach.

Mit einiger Ungeduld lehnte sie seine weiteren Fragen ab. Auch ihr Beispiel nicht, sie sagte es schon. Es war kein Boden bereitet.

Er merkte plötzlich, daß sie litt, und ward still.

XV.

Während ihres kurzen Gespräches hatten sie den Garten betreten. Ueber die ganze Kuppe des Hügels hin erstreckte er sich. Seine Bäume waren herrlich. Sie bildeten dichte und schützende Dächer über den Tischen und Stühlen, die überall auf die ansteigenden Terrassen gestellt waren.

Eine große Halle lag auf der höchsten Höhe des Hügels. Sie war roh aus Holz aufgezimmert und dazu bestimmt, großen Massen bei schlechtem Wetter Aufenthalt zu gewähren. Denn an allen Sonn- und Feiertagen belebten Hunderte und Aberhunderte von Menschen die Stille dieser fast einsamen Höhe; an Wochentagen verlief sich selten ein Gast hierher. Die reiche Natur konnte ungestört die Schäden wieder heilen, welche trampelnde Füße, die keiner Wege achteten, und rohe Hände, die frevlerisch in dieser grünen Pracht wühlten, ihr schlugen.

Keine Großstadt besaß einen größeren, in seiner rauhen und nie gepflegten Wildheit schöneren Garten.

Grach breitete die Arme aus vor Freude.

"Das ist herrlich!" rief er.

Sie lächelte.

"Ja, es ist herrlich!" sagte sie auch. "Es vergeht fast kein Tag, an dem ich nicht die letzten Stunden des Nachmittags hier verbringe. Hier stört mich kein Mensch. Ich kann sitzen, wo ich will, ich kann gehen, ich kann lesen, ich kann tun, was ich will. Mir ist, als sei sie mein, diese ganze Höhe."

An dem Wirtshause vorbei, wo der Besitzer des Gartens mit seiner Familie wohnte, führte sie ihn langsam empor.

"Ueberall können wir uns setzen, Grach," sagte sie. "Wollen Sie die Stadt sehen? Oder wollen wir hier bleiben auf dieser Terrasse, wo es am kühlsten ist?" —

"Hier," bat er, "lassen Sie uns hier bleiben. Hier ist es einsam, kühl und schön."

So setzten sie sich, einander gegenüber, an einen der Tische. Ein Mädchen kam mit einer Flasche und einem Glase. Als sie den gewohnten einsamen Gast in Gesellschaft eines zweiten sah, malte sich sprachloses Erstaunen auf dem frischen, jungen Gesicht.

"Kein Bier heute, Käthchen," sagte Dora Syk, "ich habe Besuch heute. Eine Flasche Rheinwein und zwei Gläser."

Das Mädchen entfernte sich nur zögernd.

"Sie ist völlig außer Fassung, die Kleine. In den drei Sommern ist ihr das nicht vorgekommen. Und, daß ich es Ihnen nur gestehe, auch ich bin etwas verwundert. —Also die Sehnsucht hat Sie einmal wieder hierhergetrieben? Sie wollten einmal wieder wandeln auf den Fluren Ihrer Kindheit?"

"Ach was," rief er fast barsch, "ich habe eine Dummheit gemacht, eine große Dummheit."

Er erzählte ihr in hundert Worten, was er soeben erlebt.

XVI.

Der Wein glänzte in den Gläsern vor ihnen. Sie stießen miteinander an.

"Aber ich bin ausgesöhnt mit meiner Dummheit —" rief er in ehrlicher
Freude, während er sie ansah.

Sie war es wert, angesehen zu werden.

Fest zurückgelehnt in den Stuhl und die Füße gegen den Boden gestemmt, die Hände im
Schoße gefaltet, saß sie in der unbewegten Ruhe von Menschen da, die viel arbeiten, und diese
Ruhe, derer sie bedürfen, dann wenn sie ihnen wird, auch wirklich genießen.

Ihren Hut hatte sie abgenommen, und Grach bewunderte die einfache
Kunst, mit der sie ihr dunkelbraunes Haar in einen griechischen
Knoten gebunden trug.

Alle Linien an dieser schönen Gestalt waren groß, kühn und frei; lang und natürlich, durch
keine künstlichen Mittel verziert, fielen die Falten ihres Kleides nieder.

Ihre Hände, an denen sie keine Ringe trug, waren groß und weiß, und ebenso waren ihre
Zähne, keine "Perlen"-Zähne, aber Zähne von tadelloser Ebenmäßigkeit.

Das Gleichmaß der ruhigen, großen Schönheit war in ihr verkörpert. Und wie es unmöglich
war, sich dieses Gleichmaß ihrer Erscheinung durch irgend etwas: durch eine eckige, unbehilfli-
che Bewegung, durch die Wildheit eines fassungslosen Schmerzes, die Raserei einer zügellosen
Leidenschaft, die Unschönheit einer Erniedrigung oder einer gewaltsamen Ueberhebung gestört zu denken, so unmöglich war es auch zu glauben, daß das Alter jemals diese hohe Gestalt
beugen, das Elend diese einfache Würde knicken, Krankheit diese verkörperte Gesundheit brechen könne.

Es gibt Profile, die hingekritzelt scheinen, stümperhafte Dilettantismen, verzerrte Karrika-
turen in die Breite oder in die Länge, hingeklatscht von ungeübter Hand und dann verwischt
durch Zerknitterung des Papiers; und es gibt Profile, die mit Künstlerhand schnell entworfen
scheinen in verräterisch-schönen Linien voll Weichheit, Grazie und Liebreiz, oder aber hinge-
zeichnet in einem großen, wundervollen Zuge in seltener Stunde . . .

Zu den letzteren gehörte Dora Syks Profil. Ein Ansatz, ein kühner Zug, rasch, energisch,
meisterhaft-tadellos: so war ihr Profil, das Grach in erwachender Leidenschaft mit dem Auge
sich immer wieder heimlich nachzeichnete, während er es betrachtete.

Nie war ihm früher die bestechende Harmonie ihres Wesens so aufgefallen, wie jetzt. Der
beschäftigte Tag hatte damals seinen Blick getrübt. Nun saß sie vor ihm und sah vor sich hin,
während er sprach.

Und mehr als alles bezwang ihn der Ausdruck einer beginnenden
Müdigkeit, die sich über dies schöne Antlitz ausbreitete. Keine Spur
von der Unschönheit der Bitterkeit, nur das ganz allmähliche
Erlahmen . . .

Ein noch fast unsichtbares Erlahmen.

Aber er sah es.

Dieser schöne Mund begann sich zu schließen in der Herbheit des Stolzes-wann durfte er
einmal sprechen in den Lauten, die er gewohnt war, den Lauten der Erkenntnis, der Freiheit
und des Verständnisses der Liebe? —Diese tiefen Augen umschatteten sich bereits. Gewöhnt, in
die weiteste Ferne zu schauen, Abwechslung, Fülle, Reichtum alles äußeren Lebens zu trinken,
fingen sie an sich zu trüben zwischen den Dunstwolken dieses ärmlichen Tales, dem Rauche
der Feuerherde dieser erbärmlichen Stadt, der Stickluft einer ungelüfteten Schulstube.

Er dachte an anderes, während er ihr erzählte, weshalb er hierhergekommen war. Er wurde
unruhig.

"Menschen der Ehe!" sagte sie, als er geendet hatte. Er sah auf. Sie hatte also sein Werk gelesen. Er wußte nicht, daß es seit Jahren keinen Mann gab, den sie im Stillen seines Mutes und seiner unerschütterlichen Energie wegen so bewunderte wie ihn.

"Menschen der Ehe!" wiederholte sie, ohne Geringschätzung oder Verachtung, sondern mit der Ruhe, mit welcher der Forscher das Objekt seines Studiums benennt. Aber lachen schien sie doch nicht zu können über Grachs hastige Erzählung. Dazu war sie diesen Menschen doch zu nah.

Mehr und mehr überzeugte sich Grach während des Gespräches der nächsten Stunde, wie sehr sie es verstanden hatte, sich allem, was die Zeit an Gutem, Bedeutendem und Großem leistete, nah zu halten. Fast nichts war ihr unbekannt geblieben: jedes Buch hatte sie gelesen, jedes Ereignis mit dem ihr eigenen Scharfblick betrachtet und beurteilt, jede neue Erscheinung in den Kreis ihres Verstehens gezogen.

Sie sprachen von allem, wie es ihnen kam. Ueber vieles gingen ihre Ansichten auseinander, aber über jedes hörten sie des anderen Meinung, und über nichts verschwiegen sie ihm die eigene.

Er forschte sie aus. Aber es war so, wie er dachte: sie stand hier ganz allein, ohne Freunde, ohne Verkehr, ohne Verständnis bei irgend einem Menschen. Sie las viel. Aber sie war die einzige vielleicht in der ganzen Stadt, die anderes las als Zeitungen und die Romane der Leihbibliotheken.

Kein Mensch auch wußte hier, wer sie war. Eine fremde Erscheinung, war sie hierhergekommen, und mit scheuer Achtung ging man ihr aus dem Wege, während man ihr nach den ganzen Klatsch der Verständnislosigkeit und des Hasses, weil sie "anders war", schüttete.

Wer sollte hier auch ihren Namen kennen? Hier waren nur die Namen berühmt, welche die Schilder der Straßen und die Zeitungen des Tages nannten.

Sie war plötzlich verschollen, und der Laut ihres Namens war schon fast verhallt. War sie hier untergetaucht in diesem Sumpf, um hier zu sterben? —Der Gedanke machte Grach schaudern.

Und wieder betrachtete er sie mit den Blicken der Liebe, während er auf den Klang dieser tiefen, schönen Altstimme lauschte. Sie sprach langsam das Ernste, das sich in ihrem Gehirn bildete, und mit Nachdruck in jedem Wort. Leicht jedoch und ungezwungen beantwortete sie seine Fragen nach ihrem persönlichen Leben, mit einem ganz kleinen Anflug von Spott und Wehmut in ihrer Stimme.

Sie war wohltuend, diese Stimme. Unwillkürlich mußte er einmal diese einfache und schöne Sprache mit dem Geplapper vergleichen, das ihn den ganzen Nachmittag gefoltert. Auch in allen Nebensächlichkeiten war keine größere Verschiedenheit denkbar, als zwischen diesen beiden Frauen.

Welche wunderbare Frau! Welche wunderbare Frau! dachte er immer wieder und ließ keinen Blick von ihr. Immer mehr begann er sie zu verstehen. Täuschte er sich dennoch? —War sie glücklicher hier, als sie es früher gewesen? Oder war diese Resignation nur die Folge eines äußeren Zwanges.

Nein, er konnte sich nicht täuschen!

Sie litt.

Eine herrliche und fast unerschöpfliche Fülle von Lebenskraft hatte sie bisher aufrecht erhalten. Noch war nichts in ihr angegriffen, geschweige denn gestört.

Aber der äußere Dunst begann sie zu bleichen. Sie verlangte nach Leben, wie die Pflanze nach Wasser verlangt.

Drei Jahre schon hatte sie keinen Tropfen vielleicht äußeren Glücks genossen-jenes Glückes, welches ein tägliches Bedürfnis ist: für Körper und Geist eine Befriedigung.

Und noch immer stand sie aufrecht! —Aber von heute schon auf morgen konnte sich das erste dieser dunklen Haare bleichen, konnte sich diesem Munde zum erstenmal ein Schrei der Wildheit: der Wut und der Klage entlösen und er sich dann auf immer in Schweigen schließen, konnte dieser noch so helle und klare Geist sich trüben in der Nacht dieses Lebens . . . Und dann war es zu spät!

Nein, nie durfte das sein!

Er lachte plötzlich laut und bitter.

Sie sah erstaunt auf.

"Weshalb lachen Sie so?"

Alles in ihm schäumte auf.

"Dora Syk", rief er, und lachte wieder, wie eben, "Dora Syk-und zweite Klassenlehrerin in der Schule für höhere Töchter zu Abdera! — Nun, wenn das kein Witz ist, über den man lachen darf, dann weiß ich es nicht!"

Sie erblaßte erst, dann überzog ein tiefer Unmut ihre Stirn. Zum erstenmal mischte sich ein Klang von Schärfe in ihre Stimme.

"Sie verstehen meine Stellung völlig falsch, Grach." Sie sah ihn fest an. "Ich bin nicht nur hierhergekommen, um für einige Zeit in sicherer, äußerlich sicherer Situation leben zu können, sondern ich bin auch hierhergekommen, weil ich-ich wiederhole: für einige Zeit —der inneren Ruhe bedurfte. Und das ist genug Entschuldigung für meine Flucht, wenn sie überhaupt einer bedarf."

Aber Grach war so erregt, daß er nur halb vernahm, was sie sagte.

"Ach was," rief er ungestüm, "eine Frau wie Sie hat überhaupt keine Entschuldigung! Die einzige, welche es gäbe, wäre die: daß Sie hier Ihr Leben wirklich leben. Aber zwischen diesen Mumien und Geldsäcken, in diesem stagnierenden Haufen müssen sie ja über kurz oder lang ersticken!"

Ihre Antwort erfolgte sofort. Sie war erzürnt.

"Sie gehen immer wieder von der unbegründeten und ganz falschen Voraussetzung aus, daß ich mich auf immer hier vergraben wolle. Ich denke nicht daran."

Er war aufgesprungen und ging auf und ab.

Sie war wieder völlig ruhig. Auch während der letzten Worte hatte sich keine Linie ihrer ruhigen Haltung verändert.

"Ich weiß, was ich zu tun und zu lassen habe. Und wenn Sie es durchaus wissen willen, nun ja, ich denke, ich gehe bald zurück in die weite Welt meiner Heimat . . ."

Er stand ihr zur Seite und sie hörte seinen schweren Atem.

"Tun Sie es noch heute!" rief er leidenschaftlich, und mit bebender Stimme fügte er, kaum hörbar selbst für sie, hinzu: "Und-tun Sie es mit mir!" . . . .

Er sah auf sie nieder. Sie rührte sich nicht. Die leise Dämmerung, die unter den hängenden Zweigen lag, verhinderte ihn zu sehen, wie die Farbe ihres Gesichtes wechselte.

Sie antwortete nicht. Seine Hand lag auf der Lehne ihres Stuhles.

Dann sah sie auf seinen Sitz. Er verstand sie und setzte sich langsam.

Sie nahm das vor ihr stehende Glas und leerte es mit einem Zuge.

Sein Herz klopfte.

Da sah sie ihn an und lächelte. Noch immer entgegnete sie ihm mit keinem Worte. Aber er wußte jetzt, was er begehrte zu wissen.

Er nahm ihre schlaff herabhängende Hand. Er küßte sie nicht. Aber mit beiden Händen umfaßte er sie innig, mit einem zarten und zugleich festen Druck.

"Dora Syk," sagte er leise, und seine Stimme bebte noch immer, "die Erde ist so arm an Glück in unseren Tagen. Sollten wir nicht einmal versuchen, zusammen glücklich zu sein?"

Sie sahen sich an. In seinen Augen glühte die heiße, stumme, begehrende Bitte.

Er hatte gesiegt. Er sah es an dem Ausdruck ihrer Augen, dem Lächeln ihres Mundes, und er fühlte es an der Wärme ihrer Hand, die er nicht losließ.

Sie zog sie zurück. Sie wollte nicht, daß die Stimmung sie überwältigte.

"Schenken Sie mir noch einmal ein, Grach. —So. —Und nun lassen Sie uns vernünftig zusammen sprechen, nun, wie Leute, die nicht mehr ganz jung sind, über so etwas sprechen sollten."

Ihre Stimme hatte nur äußerlich den scherzhaften Klang.

Sie machte noch eine Pause, ehe sie begann.

"Ja" sagte sie endlich. "Sie haben recht. Ich muß fort von hier. Ich will es selbst. Und auch darin haben Sie recht: es soll bald, es soll sofort sein. —Meine Ferien beginnen erst in acht Tagen. Aber ich kann mich vertreten lassen. Es ist das erste Mal, daß ich eine Hilfe dieser Art in Anspruch nehme, und da es auch das letzte Mal ist, habe ich keine Ursache, eine Zustimmung erst abzuwarten. Es genügt, wenn ich dem Direktor die Anzeige meines Fortgehens mache.

Auch meine Verhältnisse kann ich sofort ordnen. —Aber bevor ich mit Ihnen gehe, müssen Sie die folgenden Bedingungen annehmen:

Ich liebe meine Freiheit über alles, wie Sie die Ihre. Wir werden also vollständig, in jeder Beziehung, unabhängig voneinander sein. Wir werden uns gegenseitig verschonen mit allen läppischen Zudringlichkeiten an Zeit und Stimmung. Wollen wir einen Weg nicht zusammen miteinander gehen, so geht jeder seinen eigenen. Und-was das Wichtigste ist-wir werden uns trennen in der ersten Stunde. in der wir-anfangen werden, uns miteinander zu langweilen."

Sie beugte sich vor und sah ihn mit ihren schönen, klugen Augen an.

"Wollen Sie auf diese Bedingungen eingehen, Grach, dann geben Sie mir nochmals die Hand."

Er griff nach ihren beiden Händen.

"Dora Syk," rief er in jugendlicher Begeisterung, "weiß der Himmel, aber Sie sind doch die herrlichste Frau, die ich je in meinem Leben kennen gelernt habe!"

Da lachte sie hell auf, und der Bann zwischen ihnen war gebrochen.

Frage auf Frage und Antwort auf Antwort folgten nun in buntem Wirbel.

Nach Paris wollten sie gehen. Noch heute Abend. Mit dem Schnellzug um halb elf Uhr. Morgen früh waren sie dort. Er zweifelte, daß sie bis zehn Uhr fertig sein könnte. Gewiß, drei Stunden würden genügen für sie. Hatte sie doch von niemand hier Abschied zu nehmen.

Aber lange hier bleiben durften sie dann nicht mehr. Welche Zeit war es denn? Schon sieben! Ja, es war dunkel schon unter den Bäumen. Einen Abschied aber wollte sie doch noch nehmen: von der Kleinen, die sie so oft hier bedient, und mit der sie so manches freundliche Wort getauscht, in der Einsamkeit ihrer vielen Stunden, die sie hier verbracht.

Sie ging in das Haus und bat ihn, zu warten.

Nach zehn Minuten-zehn Minuten, in denen er wie betäubt von seinem neuen Glück dagesessen hatte-kam sie zurück.

"Armes kleines Ding, sie hätte beinahe geweint. Aber ich habe ihr gesagt, sie solle es so machen, wie ich."

Da hielt er sich nicht mehr und nahm sie in seine Arme. Sie ließ es geschehen, daß er sie küßte.

Ernst, Würde, Fassung-Liebreiz, Güte, Harmonie, der Witz der Feinheit-ein außergewöhnlicher Verstand, ein unergründbares Herz: wie, alles dies besaß er plötzlich, ohne es sich erworben zu haben? —

Das letzte Glas stand vor ihnen. Der gelbe Wein schimmerte in der Dämmerung.

"Auf unsere Liebe! —Dora!" rief er.

"Nein, auf die Freiheit unserer Liebe, die sie so schön macht!" sagte sie langsam, bevor sie trank.

XVIII.

Sie verließen den Garten.

Sie sprachen nicht mehr. Schweigend gingen sie hin.

Aber als sie eine helle Kinderstimme singen hörten-grell und falsch, doch unbekümmert klang es von den Lippen:

>"Nur einmal blüht im Jahr der Mai —

"Nur einmal-im Leben-die-Lie-be! —"
sahen sie sich an und lächelten.

"Es ist nicht wahr —" sagten sie sich mit diesem Lächeln, "hundertmal blühen sie, und immer von neuem, oft zusammen, oft der eine ohne die andere . . ."

Und sie sagten sich:

"Aber nie hat sie uns so schön geblüht, wie dieses Mal . . ."

Wieder hörten sie die Stimme und die Worte.

"Es ist nicht wahr —"

"Es ist ewig nicht wahr —"

An dem Kreuzwege blieb sie stehen. Laut sagte sie ihm:

"Ich gehe jetzt nach Hause. Ich komme schneller dahin, wenn ich allein gehe. —
Um zehn Uhr bin ich auf dem Bahnhofe."

Sie gab ihm nicht die Hand, sie grüßte ihn nur mit dem Neigen ihrer
Stirn.

Er verstand sie. Er hatte den Hut abgenommen und er verbeugte sich, als sie ging. Er verstand sie: es war nicht Feigheit, daß sie nicht in den Gassen der Stadt mit ihm zusammen gesehen sein wollte. Nur *jetzt* wollte sie unbehelligt bleiben von den frechen Blicken der Neugier, deren Worte sie von nun an nicht mehr berühren, deren Taten sie von nun an nicht mehr hindern konnten . . .

Aber er konnte sich nicht enthalten, ihr nachzusehen. Nur eine ging so: sie. Ohne das Wiegen der Hüften, das Schwanken der Schultern, ging sie stets mit denselben ruhigen, auch in der Eile, wie jetzt, noch gleichmäßigen, festen, kühnen Schritten die mehr als alles die Gesundheit ihres Wesens zeichneten.

Die steile Straße abwärts führten sie diese Schritte; dann verbarg ihren Kopf der hängende Zweig eines Baumes und gleich darauf ein Haus ihre Gestalt, die der dämmernde Schatten des Abend bereits verwischte.

So lange seine Augen sie noch faßten, sah er ihr nach. Nicht eher ließ er los, was er leibhaftig mit den Sinnen zu fühlen noch vermochte.

Auch durch die Dunkelheit der Entfernung hin versuchte er ihr noch zu folgen.

Aber er war bereits lange allein.

XIX.

Er sah nach der Zeit: halb acht Uhr.

Also noch nicht drei Stunden waren vergangen, seit er zuletzt auf diesem Platze gestanden hatte! —

Fast begann er irre zu werden an der Wirklichkeit seines Glückes.

War es nicht alles ein Traum?

Wie wunderbar: er stand als Mann wieder auf der Stätte seiner
Kindheit. Vor Augenblicken hatte er sie wieder gesehen, nach
Augenblicken sollte sie-und voraussichtlich-für immer wieder
hinter ihm liegen.

Kurze Augenblicke im langen Leben —: noch die Zeit eines Tages nicht war vergangen. War sie vorüber, so faßten ihn wieder die Hände *seiner* Welt.

Alles war wunderbar.

Nur einen Menschen vielleicht gab es in dieser Stadt der Kleinheit, der Selbstgefälligkeit, der Enge, nur einen einzigen wirklichen, eigenen, freien Menschen, mit dem er zusammen zu leben vermochte — und diesen Menschen hatte er gefunden! Seltsamer Zufall!

Hier gefunden-nicht in der Länge der Zeit, die auf kleinem Räume alle Menschen, die ihn bewohnen, einmal aneinander vorüberzugehen zwingt, nein, durch den seltensten Zufall der Welt, an den Grenzen dieses Raumes, in der Freiheit der Natur, in der stillsten Stunde, die keiner ihnen störte.

Er hatte erkannt, daß das Meiste von dem, was die Menschen Glück nennen, sich erwerben läßt in Erfahrung und Ausdauer: Ruhe, Klarheit, Sicherheit und eine gewisse Unabhängigkeit.

Die großen Zufälligkeiten des Glückes waren ihm nie begegnet und wenig war, was er sich nicht hatte erringen müssen in eigener Kraft. Daher fühlte er um so tiefer, wie ungeheuer groß der Zufall dieses Glückes war, welches ihm hier entgegengetreten war, schimmernd, blendend aus dunklem Rahmen hervor, dicht vor ihn hin —

Und eine wahnsinnige Seligkeit überkam ihn! . . .

Die Dämmerung nahm zu, und die Kühle mit ihr. Aus den Gärten kehrten die Bürger mit den Ihrigen heim-zum Nachtessen, danach zur Kneipe. Lichter flammten zu seinen Füßen auf. Ineinander zerrannen die Umrisse der Häuser und Straßen, und scharf ragten nur noch die spitzen Türme der Kirchen, der alten und der neuen, empor. Am hellsten erstrahlten die Lichter drüben am anderen Bergeshang, wo der Bahnhof lag. Flimmernde Linien liefen von dort aus nach beiden Seiten und erloschen in den Nebentälern.

An den Enden des Tales aber lohten die mächtigen Brände der Hochöfen in das Dunkel empor, riesige Feuergarben, dort wo eine Tag und Nacht nicht rastende Arbeit in siegreichem Ringen lag mit einer barmherzigen Natur und in fruchtlosem Kampfe mit unbarmherzigen, ererbten, allmächtigen, verschimmelten Vorrechten. —

Ein Kätzchen in weißem Fell schlich über den Weg. An einem Kinde, das auf der Bank vor einem der zerstreuten Häuser saß, wand es sich vorüber und dann mit schnellen Sprüngen an Grach.

Dieser sah das Kind. Er griff in die Tasche, gab ihm alles, was er an Geld erfaßte, hob es in die Höhe und küßte das Erschrockene auf den Mund, gleich als müsse er sie stillen, die Erwartung nach seinem Glück, die er nicht mehr ertrug.

Dann eilte er schnellen Schrittes und wie beflügelt die engen Pfade zwischen den Gärten hin und den Berg hinunter.

XX.

Da war er wieder, der große, totenstille Platz, jetzt eingehüllt in das Dunkel des Abends, da war sie wieder, die alte Kirche, an der er jetzt vorbeischritt und die er als Knabe so oft zu betreten gezwungen war, um tötliche Stunden der Langeweile auf ihren Bänken zu verbringen, da waren sie wieder, die alte Brücke von Stein und der alte Fluß.

Er stand lange über das Geländer gebeugt. Ein Gefühl von Versöhnung begann sich in sein Inneres zu schleichen.

Er haßte sie nicht mehr, diese Stadt; er haßte sie nicht mehr, diese
Menschen.

Was waren sie ihm denn, daß er sie hassen sollte? Nichts.

Mochten sie leben und sterben, wie sie wollten, ihm war es gleich. Litten sie selbst nicht am meisten darunter, daß sie so dicht aufeinander saßen, einer in dem Genick des anderen, und sich so gegenseitig langsam zu Tode quälten?

Und warum sollte er ihnen nicht das harmlose Vergnügen der Selbstgefälligkeit gönnen? Mehr als ein Lachen war die Eitelkeit dieser aufgeblähten Kleinheit sicher nicht wert.

Sie hatte hier gelebt und gelitten, drei Jahre lang. Er schämte sich, wenn er seinen eigenen Unmut über den einen heutigen Tag verglich mit ihrer vornehmen, schwermütigen Ruhe und ihrem milden, starkem Ernst, der diese Menschen nicht ändern wollte, sondern sie gehen ließ, aber sie bei Seite schob, wenn sie ihr lästig wurden.

Arme Stadt! lächelte er vor sich hin. Und er nahm ihr noch ihr kostbarstes Gut . . .

Noch zwei Stunden. Immer noch zwei Stunden?

Er überschritt die Brücke und bog in die Hauptstraße ein. Dann betrat er eine große, öffentliche Wirtschaft und setzte sich still in eine Ecke.

Er bestellte sich zu essen. Aber als das Fleisch vor ihm stand, erlosch plötzlich sein Hunger vor dem warmen Geruch, und er schob es wieder von sich.

Innerlich-er fühlte es jetzt deutlich-war er dennoch aufs höchste erregt.

Er sah sich um. In seiner Nähe stand ein großer runder Stammtisch, der sich langsam zu besetzen begann. Mehr als ein Gesicht kam Grach bekannt vor, und plötzlich fiel es ihm ein: das waren ja-es war kein Zweifel mehr möglich-die "Schlitzohrigen", die größten Männer der Stadt, weise im Rat und vorsichtig in der Tat, die er da vor sich sah. Weshalb sie die "Schlitzohrigen" genannt wurden, wußte er nicht mehr und hatte es wohl auch früher nie gewußt, aber der Name tauchte wieder in ihm empor mit ganzer Deutlichkeit.

Und doch hatten sie sich verändert, die Zeiten: denn früher hatten diese Gewaltigen allabendlich im "Nähkörbchen" verkehrt, und jetzt — welcher Unterschied-saßen sie hier im Rachen des "Krokodils"!

Innerlich lachte er heimlich und herzlich. Die Lustigkeit siegte in ihm. Jetzt konnte er essen, während er einzelne Worte auffing, die von dort zu ihm herüberflogen.

Man sprach über städtische Angelegenheiten. Natürlich. Grach wußte, über Politik zu sprechen, war hier verpönt.

Plötzlich hörte er eine Stimme, die er kannte. Er sah schärfer hin.
Kannte er dieses Gesicht? —Nein, es war nicht möglich.

Dieser philiströs aussehende Mann, der in kleinen, bedächtigen Zügen sein Bier trank und in kleinen, bedächtigen Zügen seine Zigarre rauchte, der so aussah, als ob er kein größeres Glück kenne, als hier zu sitzen und zuzuhören, dieser Mann mit den schweren Bewegungen und der zufriedenen Stimme, der offenbaren Hochachtung vor jedem dieser alten Zöpfe, das war nimmermehr sein alter, lustiger, zu allen Dummheiten stets aufgelegter Fritz, der mit dem Gebrüll seiner Stimme so oft die Gasse erschüttert hatte in der spätesten aller späten Stunden! —

Grach rief die Kellnerin herbei und fragte leise.

"I —e," sagte sie, "das ist der Herr Stadtverordnete Beuer."

Da trank er schnell sein Bier aus, zahlte und verließ das Lokal. Er hatte plötzlich Angst bekommen, jener möge auch ihn wiedererkennen und anreden. Und das wäre für sie beide doch zu niederdrückend gewesen.

XXI.

Er war in seinem Hotel gewesen, um seine Sachen zu packen und seine Rechnung zu bezahlen. Dann war er zum Bahnhof hinaufgestiegen und hatte zwei Billets erster Klasse nach Paris gelöst. Er wußte, wann er extravagant sein durfte. Heute. Im Wartesaal kaufte er dann noch von dem alten Zeitungsverkäufer, —er erkannte auch ihn wieder — einem alten Original, Fahrplan und Zeitungen.

Nun ging er auf dem Perron auf und ab mit großen und unregelmäßigen Schritten.

Er wußte, sie würde kommen, denn sie hatte es gesagt. Eher ging die Welt unter, als daß sie ihr Wort nicht hielt.

Und dennoch quälte ihn die Unruhe, die Unruhe der Erwartung.

Noch war die zehnte Stunde lange nicht gekommen. Der große Zeiger auf der weißen Uhr hatte kaum die Sechszahl erreicht. Er wußte, daß sie auch nicht früher kommen würde, als sie gesagt; und doch kehrten seine unruhigen Blicke immer wieder zu der schwarzen, gähnenden Oeffnung des Aufstiegs zurück, aus der von Zeit zu Zeit die Menschen emporstiegen: Beamte, Reisende, Kofferträger, ein buntes Durcheinander . . .

Der sommerliche Abend lag schwül unter dieser weiten Halle, die das Dröhnen der Züge und hundert Rufe durchtönten und erzittern machten. Ein und aus rasselten die Züge. Nur das Gleis für den Expreßzug, der hier drei Minuten halten sollte, blieb frei. Die von den Rädern abgeschliffenen Schienen glänzten weiß.

Grach hatte alles vergessen, was er heute gesehen-außer ihr.

Nur an sie dachte er noch und an sein Glück.

Er nannte nicht viel sein eigen. Jeder seiner Jugendfreunde in dieser Stadt lebte sicher besser als er, und unter allen diesen Menschen hätte wohl nicht einer mit ihm getauscht.

Und doch war er ein seliger Mann. Denn er war ein freier Mann.

Niemand hatte ihm zu befehlen, und niemandem hatte er zu gehorchen. Er konnte gehen und kommen, wie er wollte, die ganze Welt war sein.

Nicht zu hassen und nicht zu verspotten, nicht zu beneiden, nein, zu bemitleiden waren sie, die Menschen dort unten in der Stadt, die nur ein Glück und nur eine Zufriedenheit kannten: Geld, Geld, Geld zusammenzuscharren in mühseligem Erwerben, dem alle große Freude fehlte: die Freude des echten Genießens! . . .

Und er wandte sich ab von ihnen.

Mit jeder Minute, die der zehnten Stunde nahte, wurde er ruhiger. Seine Schritte wurden langsamer.

Als der Zeiger auf der Uhr den erwarteten Punkt ereicht hatte, lehnte er sich mit verschränkten Armen an einen Pfeiler und ließ keinen Blick mehr von der Treppe des Aufgangs.

Viele und verschiedene Menschen stiegen noch in den nächsten Minuten vor ihm empor und gingen an ihm vorüber. Wohl an die hundert. An keinem blieb sein Auge haften.

Dann aber sah er sie: langsam und sicher hob sich ihre hohe, stolze, jetzt in einen grauen Staubmantel gehüllte, geliebte Gestalt von Stufe zu Stufe.

Ihre Blicke waren gesenkt, und noch bemerkte sie ihn nicht.

Er ging ihr entgegen.